文選顏鮑謝詩評補

黃稚荃 著
林孔翼 校

上海古籍出版社

黄稚荃先生像

目録

近代著名的學者、詩人黃稚荃

劉君惠

黃稚荃（一九〇八—一九九三）四川江安人。早年畢業于成都高等師範學校，繼入北京師範大學研究院。曾任前國民政府國史館纂修、立法委員、四川大學文學院教授。建國後，任四川省政協常委、中華詩詞學會顧問、四川省詩書畫院顧問、四川省詩詞學會名譽會長、成都市書法協會名譽主席。一九九三年三月以疾逝世，享年八十五歲。

六十年來，稚荃先生以詩名海内。她所居近唐代大詩人杜甫草堂，自署『杜鄰』。她説：『少陵自比契稷，欲淳風俗，側身天地，獨立蒼茫，卓然千古，俯視百代，風骨之高峻，爲百世之楷模。』（《杜鄰存稿·杜詩在中國詩史上的地位》）這是在歌頌杜甫，也是在自明本志。

她著《李清照著作十論》，稱『李清照爲吾國婦女曠古未有之奇才。才、學、識三者皆卓絶』。這不啻是以李清照自況。她稱李清照之《詞論》在中國文學批評史上是一篇極有價值之作品，對詞學是一大貢獻。她深刻賞析李清照詞的愛國主義思想，謂王士禎對李清照詞毫無認識，乃以明代羼入之贋品爲李清照所作，從而效之，從而和之。王士禎尚且如此，可勝歎耶。《十論》中對李清照的文學、學術成就與其一生之出處大節，作了密切結合的評述。有平面的、静態的描寫，有縱向的、歷史的考索，是一篇深刻的李清照評傳。韓退之説：『事有曠百世而相感者，余不自知其何心，非今世之所稀，孰爲使余欷歔而不可禁！』稚荃先生之于李清照，真是曠百世而相感者，故欷歔而不可禁也。

華陽曾彥，字季碩，有《桐鳳集》傳世，王闓運爲之序。王在其《湘綺樓日記》中說：『湘綺樓初成，樓中來二佳客，一曾彥，一文廷式。』由於王闓運之推重，曾季碩之詩名遂顯耀一時。吴虞欲重刻《桐鳳集》，作序云：『吾觀近世女士如王采薇、金五雲、席道華、歸佩珊皆最有名，比于季碩，遠不逮矣。』吴又稱『季碩爲有清一代第一女詩人』，這是以耳代目之論。稚荃先生綜核曾季碩之身世與經歷，謂『曾彥詩心黯淡，殆類其人。』特別指出『曾彥篤信其師王闓運之詩論，耗其全部精力于擬古，甚可惜也』。知人論世，這是我國詩歌批評的一條最重要的原則。論蜀中前代女詩人者皆稱曾季碩爲第一。稚荃先生獨具卓識，加以評議。龍泉而後可以議斷割，南威而後可以論淑媛，寧不信然。曹纕蘅說：『稚荃以盛年擅高格，其好古振采與季碩同，而得師友江山之助殆又過之，代興固非君莫屬也。異日海内論蜀詩者，當不復道及季碩矣。』（曹纕蘅《稚荃三十以前诗序》）這是實事求是的論斷。

稚荃先生于一九三一年赴北京，師事黄晦聞，詩風一變。外饒情韻，内遒風骨，勢含飛動，語不猶人。唐神宋貌，於閩贛詩風以外自樹旗幟矣。趙堯生先生贈稚荃詩有『別開詩塔識黄師』之句，她即取『別開詩塔』四字製成小印，以紀一生之師友淵源。

黄晦聞先生逝世，稚荃有挽詩四律：

道以詩書重，人因術業尊。
及今慚厚望，在昔感深恩。
寂寞傳經席，淒涼通德門。
未堪儕景宋，飛翰作招魂。

巴蜀遄歸日，金臺拜別時。
孱軀勞惓顧，屬語見仁慈。
即此成終古，寧知杳後期。
案頭餘晉帖，墨淚墮烏絲。

德音猶未遠，噩耗費疑猜。
書定歸鴻誤，人驚野鵩災。
青春回錦里，白日黯燕臺。
未及寢門哭，心喪不盡哀。

身後何能說，憂來獨斷腸。
亂深邦國瘁，痛到哲人亡。
風義平生事，文章萬丈光。
榮名付青史，歸櫬海山蒼。

汪辟疆論近代詩派說：『必「學」有餘于「詩」之外，方爲真詩。』稚荃先生在詩歌方面的成就，與她的邃密的學問思辨工夫分不開。她論杜詩在詩學史上之地位與司馬遷《史記》在史學史上之地位完全相同。她說：『國史爲國家民族之魂魄。歷來民族侵略者之險惡用心，滅人之國必先去其史。』她十分崇敬章太炎先生之精深宏博，有高瞻遠矚之眼光、獨往獨來之精神、一貫不移之氣魄。她對章太炎『分正閏之辨，嚴夷夏之防』的精神，尤拳拳服膺。這充分體現在她在前國史館工作時的議論和行事中。

儘管稚荃先生在當時已譽滿京華聲名奕奕，但邃密的學術素養使她始終能恬靜自持，燕處超然。她在《陵園小築雜詠》中寫道：『燕處榮觀兩清絶，幽蘭白雪一遲徊。』性實超邁，品尤高潔，此十四字可以爲她一生之寫照。曾憶一九四六年歲暮，在陵園小築中與稚老論并世詩人時，她說：『養心之要，必須動靜兼攝。舜之居深山之中，與木石居，與鹿豕遊，若將終身焉；及其爲天子也，衣袗衣，鼓琴，若固有之。以此衡量，則李白、杜甫猶不免俗情。』予服其卓識。

吴宓先生與我論稚荃詩有兩點根本優勝處，一是温柔敦厚之詩教植根最深，一是生於憂患，備歷困厄，有杜鄰獨立蒼茫之慨。這兩點都是杜鄰詩境。《杜鄰存稿》中所記述的師友情誼，骨肉休戚，所以動心衡慮者，讀之使人惻怛。

實踐是檢驗真理的唯一標準。從前有一老學者揚言：『我雖不作詩，我却可以寫一部詩歌批評史。』稚荃先生哂之。她說：『多其記誦，未足以爲詩人；利其齒牙，不足以稱詩人；噓枯吹生之才，譁世取寵之士，皆不足以稱詩人；必先豫之以學。』她批評黄山谷『與杜少陵無相同之處』；批評梅聖俞『詩缺乏性靈，立言尤多乖舛』；批評林逋『山園小梅詩之剽竊，巧於盜名，以孤山爲終南捷徑』。可爲詩國之董狐。

稚荃先生論當代學術，論當代學人，多卓見深識。她任前國史館纂修時，負『擬傳』工作，資料充實，聞見博洽，擬稿皆存館中。她行篋中所餘斷縑零簡，也經她整理成單篇專論，納入《杜鄰存稿》。如

《前國史館成立經過》、《張溥泉言行小記》、《憶黄晦聞師》、《丁寧與還軒詞》、《朱山事蹟》、《傅沅叔先生》、《向楚對辛亥革命及教育學術之貢獻》等，皆徵考近代人物者所宜采輯的史料。《杜鄰存稿》已於一九九〇年十二月由四川人民出版社出版。

稚荃先生一生經歷了舊民主主義革命、新民主主義革命和社會主義革命三個歷史階段。在解放以前，她親歷困厄，她的丈夫冷融（字杰生）在西康從政，有惠澤於民，而以直道被戕。她的兩妹筱荃、少荃在大學任教。筱荃治外國文學，少荃受學于錢穆，治史學有聲，又皆於十年浩劫中自戕。她自述生平，有『身經多故』之歎（見《杜鄰存稿》第二九九頁）。

建國以來，她自慶更生，胸懷高曠。她長期擔任四川省政協常務委員，參政議政，多所建白。今年（按：指一九九三年）三月，她病重時，猶不忘國家教育事業的振興。她反復向政府陳詞，希望對教育的戰略地位進行一次再認識。

『不畏浮雲遮望眼，自緣身在最高層。』稚荃先生握瑾懷奇，高自標置。她論詩、論人都獨具卓識。她論杜甫、論李清照、論李義山，都不落前人窠臼，獨照之匠，自成一家。她的詩，經她親自編選爲《杜鄰詩存》三卷，即將由四川人民出版社印行（按：此書已於一九九五年七月出版）。

謝无量先生稱杜鄰之詩『駸駸摩少陵之壘』。此當于杜鄰之學養閱歷求之，當于杜鄰之胸襟器識求之。（謝无量《稚荃三十以前詩序》）吴宓先生謂杜鄰之詩『非有真性情、真懷抱者不能作』。知人論世者固當從杜鄰之詩品以見杜鄰之人品。

稚荃先生的書法與繪畫亦蜚聲海内。書法凝煉散朗，片縑零楮，人爭寶之。她早歲畫有《洛神圖》，蜀中名家多有題詠，今藏西安姚文青先生處。晚歲喜畫梅，她認爲『花格之高，梅爲最，如對高士，如見幽人』。《杜鄰詩存》第三卷所收録的都是她自題畫梅的詩篇。

（按：此文寫於一九九三年）

點校説明

一 本書據（清）胡克家刻《文選》及《四庫全書》本《文選顔鮑謝詩評》二種校勘。

一 古今通假字，不出校。然少數易生歧義處亦標出。

一 文内所引古籍，力求與原書對校。

一 校文置各卷之後。

一 初校稿先後送崇州宋天霞先生、岳池龍顯明先生、成都蘇成紀先生復校。遇有疑義，反復商榷，點句未安，亦多所諟正。

一 成都淘書齋蔣德森君，代求《鮑參軍集注》、《謝康樂詩注》，謹致謝忱。

一 本書校點或有疏漏，敬祈博通者指正。

丁丑冬至林孔翼於錦城百稧室

參校書目

謝康樂詩注　南朝宋・謝靈運著　黄節注　人民文學出版社本

春秋左傳正義　周・左丘明撰　唐・孔穎達疏　十三經注疏本

吕氏春秋集釋　秦・吕不韋撰　許維遹集釋　文學古籍刊行社本

淮南子　漢・劉向撰　漢・高誘注　諸子集成本

史記　漢・司馬遷撰　中華書局點校本

廣韻　宋・陳彭年等重修　四部備要本

資治通鑑　宋・司馬光編著　元・胡三省音注　中華書局點校本

周易正義　魏・王弼注　唐・孔穎達正義　十三經注疏本

宋書　梁・沈約撰　中華書局點校本

晉書　晉・王隱撰　叢書集成本

先秦漢魏晉南北朝詩　逯欽立輯校　中華書局排印本

全上古三代秦漢三國六朝文　嚴可均編　中華書局影印本

藝文類聚　唐・歐陽詢撰　汪紹楹校　上海古籍出版社本

太平寰宇記　宋・樂史撰　文淵閣四庫全書本

詩品注　梁・鍾嶸著　陳延傑注　人民文學出版社本

石林詩話　宋・葉夢得撰　歷代詩話本

古詩源　清・沈德潛選　中華書局本
莊子集釋　周・莊周撰　清・郭慶藩輯　新編諸子集成本
太平御覽　宋・李昉等撰　中華書局重印涵芬樓影宋本
世説新語　南朝宋・劉義慶撰　梁・劉孝標注　四部叢刊本
老子校釋　周・李耳撰　朱謙之校釋　龍門聯合書局本
陶淵明集　晉・陶潛撰　逯欽立校注　中華書局本
顧亭林詩集彙注　清・顧炎武撰　王蘧常輯注　上海古籍出版社本
鮑參軍集注　南朝宋・鮑照著　清・錢振倫注　黄節補注并集説　古典文學出版社本
論衡　漢・王充著　諸子集成本
九家集注杜詩　唐・杜甫著　宋・郭知達編注　上海古籍出版社本
杜詩鏡詮　唐・杜甫著　清・楊倫箋注　上海古籍出版社本
樂府詩集　宋・郭茂倩編撰　中華書局本
毛詩類釋　清・顧棟高撰　文淵閣四庫全書本

文選顏鮑謝詩評補

文選顏鮑謝詩評四卷，元歙縣方回撰，取文選所錄顏延之、鮑照、謝靈運、謝瞻、謝惠連、謝朓之詩，各為論次，諸家書目皆不著錄，唯永樂大典載之，四庫全書又錄自永樂大典。吾師順德黃晦聞先生有鈔本，蓋從四庫全書鈔出者。壬申春以授稚荃，謂方氏之評有理致，於文實訓詁亦有考訂，但隨興下筆，待於後人補充者尚多。命稚荃試為之。稚荃作治詩讀史途徑，稚荃因就先生

家藏各家於文選之補注箋釋及歷代論詩之作，與乎
沈約蕭子顯之書，得材料數百條，不足者更於北海圖
書館搜羅補苴之。癸酉還蜀，復役於人事，擱置都
閱久矣。乙酉授六代詩於四川大學，重讀顏謝諸篇，彌
覺玄淵集詠，於是以意逆志，剪裁舊鈔，搆成評補四
卷。華屋山邱，吾師已遠，藐躬屠碌，哀樂中年，學殖
無一進，負夙昔之期許訓誨深矣。
一九四六年（丙戌）釋[illegible]於成都

文選顔鮑謝詩評補　卷一

文選顏鮑謝詩評補卷一

元歙縣方回評
江安黄稚荃補

述祖德詩二首

謝靈運

達人貴自我、高情屬天雲、兼抱濟物性、而不纓垢氛、段生藩魏國、展季救魯人、弦高犒晉師、仲連却秦軍、臨組乍不緤、對珪寧肯分、惠物辭所賞、勵志故絶人、苕苕歷千載、

遙遙播清塵、清塵竟誰嗣、明哲時經綸、委講輟道論、改服康世屯、屯難既云康、尊主隆斯民、

廬谷曰、靈運之意、似謂乃祖功大實蔭、立此高論、太元八年十一月、謝玄破苻堅、謝石為大都督、玄為前鋒都督、蓋裨帥也、劉牢之、謝琰功亦亞玄、明年二月、桓沖卒、朝議欲以玄為荆江二州刺史、謝安自以父子名位太盛、又懼桓氏失職怨望、乃以桓石民為荆州、桓石虔為豫州、桓伊為江州、而玄亦為徐兗二州刺史、晉之州刺史如漢之州牧、而帶都督軍事、統十數郡、猶近世制置使宣撫使、而權尤重、可以自裁

郡守、入則為相位、不輕也、靈運此詩、似是虛言、
雖屢披、李善注、靈運述祖德詩序曰、太元中、王父龕定淮南、
負荷世業、尊主隆人、逮賢相徂謝、君子道消、拂衣蕃岳、考卜
東山、事同樂生之時、志期范蠡之舉、陳郡謝錄曰、玄字幼
度、領徐州牧、苻堅傾國大出、玄為前鋒、射傷苻堅、臨陣殺苻
融、封康樂公、　靈運撰征賦曰、諧尺書之達情、悟犒師之
通識、追明達之高覽、契古今而同事、可與此詩印證、　達人
有二說、張雲璈曰、左傳、聖人有明德者、若不當世、其後必有達人、

蓋謂其祖玄也、劉坦之曰、靈運欲稱述祖德、先言古昔賢達之人、貴自我而不係於物、所異（一）迥異於人、歷千載而莫及、細繹詩意、當以劉說為是、此詩蓋從議論比興發端、謂達人貴自我、而不係於物、故高情超越人世、抱濟物之性、而不為垢氛所攖、如段干木魯仲連輩是也、然古人已遠、千載而下、嗣其清塵者唯我祖謝玄一人而已、明指二字乃指謝玄、　苕苕、諸家無注、當即迢迢之音假、凡雙聲疊韻之字、古人皆同音通用、　段生展季臨組對珪諸句、全襲左太沖詠史詩、　（二）弦高犒晉師、李善注引呂覽曰、寡君之使丙也術也視也於邊、候⿰日晉之道也、高誘曰、⿰日晉、國名也、音⿰日晉、今為晉字之誤也、顧亭林日知錄曰、(三)玄高所犒者秦師、而謝詩改為晉、以避下秦字、則鈍而陋矣、朱蘭坡曰、李注欲曲全之、不引左傳而引呂覽、因其諺言⿰日晉道、可稱⿰日晉師、故以晉為誤、然今字書、故別無⿰日晉字也、梁茞林曰、今呂氏春秋悔過篇、⿰日晉字作晉、晦聞先生曰、顧氏之說非也、春秋左傳僖三十三年、秦師及滑、鄭商人玄(四)高、將市於周、遇之、以乘韋先、(五)十二牛犒師、秦師滅滑而還、秦未滅滑時、滑嘗附屬於晉、秦滅之、而不能有其地、故滑仍屬晉、康樂以當時之渭屬晉、秦師入渭、正是晉所屬之地、故曰晉師、謂在晉地之師也、康樂此句用晉字、雖有避下句秦字之意、但不用其他國名、而用晉字、據之春秋都邑大勢、實極有理、顧氏以舛陋加之、未當也、高誘注呂氏春秋、亦未悟渭爲晉屬、李注不引左氏而引呂氏春秋亦然、此顧氏朱氏所以譏也、

中原昔喪亂、喪亂豈解已、崩騰永嘉末、逼迫太元始、河外無反正、江介有蹙圮、萬邦咸震懾、橫潰叛君子、拯溺由道情、龕暴資神理、秦趙欣來蘇、燕魏遲文軌、賢相謝世運、遠

圖因事止、高揖七州外、拂衣五湖裏、隨山疏濬潭、傍（六）巖樹枌梓、遺情捨塵物、貞觀丘壑美、

盧谷曰、太元九年八月、謝太保安、奏請乘苻氏傾敗、開拓中原、以徐兗二州刺史謝玄為前鋒都督、帥豫州刺史桓石虔等伐秦、玄至下邳、秦徐州刺史趙遷棄彭城走、玄進據彭城、（七）內史劉牢之進據鄄城、（八）（鄄玉緣切濮陽郡之邑屬兗州）河南城堡皆來歸附、太保安自求北征、加都督揚江等十五州諸軍事、帝遣晉陵太守滕恬之渡江、據黎陽、朝廷以（九）兗青司豫

加玄都督徐兗青司豫幽并七州諸軍事、十二月，劉牢之擊碻磝滑臺、苻丕請救、玄遣牢之以兵二萬救鄴、饋米二千斛、十年四月、牢之為慕容垂所敗、自鄴徵還、會稽王道子好專權、與太保安有隙、安出鎮廣陵避之、築東城（十）、八月以疾還建康卒、道子以司徒瑯琊王領揚州刺史、錄尚書、都督中外諸軍事、尚書令謝石為衛將軍、十一年三月，黎陽翟遼、太山張願叛去、還淮陰、十二年正月、以朱序為青兗二州刺史、代玄鎮彭城、序求鎮淮陰、以玄為會稽內史、十三年正月、康樂獻武公謝玄卒、十二月南康襄公謝石卒、靈運第二詩、蓋專賦此事本末、暨相謝世運、謂安之殁也、遠圖因事止、謂瑯琊王道子與安不協也、然亦孝武以昏主嗜酒色、無遠略、委事道子、此所以當中原潰亂可乘之機、以謝安為相、玄石卒之為將、而無所成也、靈運詩但稱乃祖高蹈之節、恐非康公本心也、文選注、高揖七州外、謂舜分天下為十二州、時晉有七、故云七州、予獨謂不然、指康樂所鎮徐兗青司冀幽并七州都晉耳、謂晉有七州、而高揖於其外、則不復居晉之土耶、非也、道子解玄七州都督而為會稽內史、釋兵柄於內郡、自是左遷、然玄亦常疾篤詔還京口、玄不以為怨、而靈運微有怨辭、蓋以己之不得朝柄為望耳、稱荃按前章用議論虛寫、此章敘功烈實寫、秦趙苻堅所據之地、燕魏慕容氏所據之地也、七州謂以方說為是、靈運撰征賦曰、心無忝於樂生、事有慚於燕惠、抱明哲之不伐、奉宏勳而是祝、捐七州以爰來、歸五湖以投袂、屈盛績於

平生、申遠期於暮歲、可為方說之證、　晉書謝玄傳曰、
獻武移鎮東陽、於道疾篤、上疏曰、去冬奉司徒道子告
括囊遠圖、所謂遠圖、因事止是也、　王元美曰、謝氏之功、莫大
於破苻堅、然破苻堅者安也、玄因安成事者也、此際最難立言、言
之則沒其功、不言則沒其實、此詩之妙、自前章及後章之半、
並不及安、至末乃出賢相云云、其意以淝水之戰、當堅者玄
也、玄實有破堅之事、使得行其志者安也、安既沒事方不可
（十一）有為耳、此所謂不沒其功、亦不沒其實也、

九日從宋公戲馬臺集送孔令詩一首

謝宣遠

風至授寒服、霜降休百工、繁林收陽彩、密苑解華叢、巢幕無留燕、遵渚有來鴻、輕霞冠秋日、迅商薄清穹、聖心眷佳節、揚鑾戾行宮、四筵霑芳醴、中堂起絲桐、扶光迫西汜、歡餘宴有窮、逝矣將歸客、養素克有終、臨流怨莫從、歡心歎飛蓬、

方虛谷曰、宋國建、無晉君矣、故二謝詩皆有聖心之語、易

（十二）

曰謙亨君子有終吉、蒼素之句用此佳、

稱荃撥、李善注齊書曰、宋武帝為宋公、在彭城、九日、出項王戲馬臺、至今相承以為舊準、沈約宋書曰、孔靖、字季恭、宋臺初建、以為尚書令、讓不受、辭事東歸、高祖餞之戲馬臺、百僚咸賦詩、以述其美、　張雲璈曰、聖心眷佳節、宋公而言聖心、其誤甚矣、　宋書謝瞻傳、瞻乃宋國中書黃门侍郎相國從事中郎、弟晦時為宋臺右衛、權位已重、於彭城還都迎家、賓客輻輳、門巷填咽、時瞻在家驚駭、謂晦曰、汝名位未多、而人歸趨乃爾、吾家素以退爲業、不願干豫時事、交游不過親朋、而汝遂勢傾朝野、此豈門戶之福耶、乃籬隔門庭曰、吾不忍見此、因自請爲豫章太守、似瞻於羣從中較爲廉退、然亦頗適其分、甚矣權勢之屈人也、

九日從宋公戲馬臺集送孔令詩一首

謝靈運

季秋邊朔苦、旅雁違霜雪、淒淒陽卉腓、皎皎寒潭潔、
良辰感聖心、雲旗興暮節、鳴葭戾朱宮、蘭卮獻時哲、

餞筵光有孚、和樂隆所缺、在宥天下理、吹萬群方悅、歸客遂海隅、脫冠謝朝列、彌（弭）棹薄枉道、指景待樂闋、河流有急瀾、浮驂無緩轍、豈伊川途念、宿心愧將別、彼美丘園道、喟焉傷薄劣、

方虛谷曰、當時賦詩、推謝瞻宣遠詩為冠、所謂巢幕無留燕、遵渚有來鴻者也、宣遠詩有云、聖心眷嘉節、靈運詩亦云、良辰感聖心、宋臺既建、坐受九錫、則裕為君、而晉安帝已非君矣、故二謝皆以聖稱宋公、然猶立恭帝、改元元熙、至二年

六月而受禪、使裕脫有王敦桓温之死、以聖心為詩者能無患乎、易曰、有孚飲（十三）酒、無咎、詩序曰、鹿鳴廢、則和樂缺矣、此詩云、餞宴光有孚、和樂隆所缺、善用事、又善用韻、建安詩則不如此之細、而必得也、在宥吹萬用莊子語、明己尊宗公為聖人造化、以其許孔靖之歸、得寬宥天下、生育萬物之義意、文選注、腓音肥、詩百卉俱腓、毛萇曰、痱病也、今本作腓字、非、韓詩、薛君曰、腓變也、俱變而黃也、鳴葭當作鳴笳、孔靖南史有傳、會稽山陰人、據傳、靖晝臥、有神人語曰、起、天子在門、出見、乃劉裕、靖因結交、

以身爲託，蓋裕之私人，若他人豈（十四）敢於宋臺初建，而辭尚書令
乎，此不足爲高。
釋萃按，宋書，義熙十二年，劉裕以平北將軍加中外大都
督，六月發京師，九月次於彭城，十月進軍洛陽，圍金墉，姚（平謂臺）
泓之弟姚光降，修復晉五陵，置守衛，乃進位相國，封十郡
爲宋公，宋臺建。十三年九月，裕入長安，十四年正月，還至彭
城，解嚴息甲，送孔令詩當是十四年九月事。靈運於義熙
十二年以黄門侍郎奉使慰勞裕於彭城，撰征賦序云，鍮林未曜，

殞芳禽於金墉、威弧始彀、走鈒集於渭臺、曾不踰月、二方獻捷、則靈運之抵彭城、必在十二年十月以後、在彭城居留彌久、撰征賦云、孟陬發節、雷隱（十五）龍蟄、又云、沂泗遠兮清川急、秋冬近兮緒風發、可作在彭城時序變遷之證、在彭城亦常游項王戲馬臺、撰征賦云、追項王之故臺、跡霸楚之遺端、而未得及選孔令、故知選孔令在十四年九月、裕由長安歸來之後、

是時劉裕正馘（十六）醜從、斬姚泓、掃蕩伊洛、釐振冀夏、其代晉之勢已成、靈運本熱中人、欲為將來參預機要計、故不

惜以晉之世臣先期頌聖、　張雲璈曰、良辰感聖心、晉主尚存、而晉之世臣諂媚至此、靈運後又有句云、韓亡子房憤、秦帝魯連恥、又何前佞而後忠也、張說識是、送孔令時、靈運未必忘晉室、特以急於結納、故不惜作此忘君邀寵之言、韓亡子房憤一詩、則元嘉十年就遠前賈禍之作、已在欲參權要而不可得、鑿山通湖失意放蕩之後、是時靈運亦未必忠於晉室、亦以己之不得意於宋室、乃思其故國故君、作為忠義之言、以洩其私憤耳、

王撫軍庾西陽集別時為豫章太守庾被徵還東詩一首

謝宣遠

祇召旋北京、守官反南服、方舟析舊知、對筵曠明牧、舉觴矜飲餞、指途念出宿、來晨無定端、別晷有成速、頹陽照通津、夕陰曖平陸、榜人理行櫂、輶軒命歸僕、分手東城闉、發櫂西江隩、離會雖相親、逝川豈往復、誰謂情可書、盡言非尺牘、

方虛谷曰、此詩無甚佳處、江左自上流趨建康、則云北

京、蓋江流大抵北向也、江自南移北而曰江南江北、言大勢也、其實北向、而江分東西岸焉、今鄂州西門對漢陽軍江西西門出琵琶亭而出東門皆不見江、故知江不東向、而北向、故江之上水船必用北風也、瞻避弟晦權盛、求守豫章、宋元嘉三年、晦以荊州刺史見討被誅、謝曜謝遯及晦兄弟之子並死、一人可以禍一家、謝宣遠之出無救於後來如此、

補箋按　李善注引宋書、王弘爲豫州之西陽新蔡諸軍事

撫軍將軍、江州刺史庾登之為西陽太守、入為太子庶子、集序曰、謝還豫章、庾被徵還都、王撫軍送至湓口南樓作、瞻時為豫章太守、　方氏釋北京殊不當、江有自南而北者、湘江贛江是也、此二字有東西岸之分、若長江則固自西向東也、所謂鄂州西出東門皆不見江、蓋江流曲折、與城郭位置者有關係、不能援為長江之不東向而北向也、　張雲璈曰、建業不當言北、故題云還東、北京或取譬於北辰之義、其說差勝、

鄰里相送方山詩一首

（十七）

祇役出皇邑、相期憩甌越、解纜及流潮、懷舊不能發、析析就衰林、皎皎明秋月、含情易為盈、遇物難可歇、積痾謝生慮、寡欲罕所闕、資此永幽棲、豈伊年歲別、各勉日新志、音塵慰寂蔑、

方虛谷曰、懷舊不能發、謂義真延之慧琳也、晉以來士大夫喜談易老莊、而不知謙益止足之義、卒多懷才負氣、求逞於澆漓衰亂之世、箕潁枕漱、設為虛談、義真

之昵靈運、雖未必果有用爲宰相之言、史或難信、然靈運之爲人、非靜退者、徐羨之傅亮排黜、蓋其自取、懷舊不能發、有不樂爲郡之意、資此永幽棲、亦一時憤激之語耳、羨之等廢少帝、殺義真、自貽灰滅、義真之死、亦自不悔歎、靈運又終身不自悔艾、其敗也、詩意已可覘云、

稱叅按李善注、宋書曰、少帝出靈運爲永嘉郡守、丹陽郡圖經曰、方山在江陵縣東五十里、　山謙之丹陽記曰、山形方如印、故曰方山、

（十八）　多病謝生慮、寡欲罕（平）所闕、劉坦之曰、由多病

而謝去生慮、由寡欲而少所喪失、按劉說殊不愜當、愚意以為、當作因多病已無生人得失之慮、因寡欲固少缺乏不足之歎、此蓋自為消極滿足之辭、以明己之無他企圖、其用心亦苦亦憤激矯情之語、資以永幽棲、豈伊年歲別、憤激語、亦沉痛語也、

新亭渚別范零陵詩一首

謝玄暉

洞庭張樂地、瀟湘帝子遊、雲去蒼梧野、水還江漢流、停驂我悵望、輟棹子夷猶、廣平聽方籍、茂陵將見求、心

事俱已矣、江上徒離憂、
方虛谷曰、自洞庭張樂地以下六句、言湖湘間諸郡范去而已思
之也、廣平聽方藉謂范氏、茂陵將見求謂已也、王隱晋書、
鄭袤字林叔、為中郎散騎常侍、會廣平太守闕、宣帝謂
袤曰、賢叔大匠（十九）渾垂稱於平陽、魏郡蒙惠化、且慮子家王
子邕繼蹤此郡、欲使世不乏賢、故復相屈在郡、袤父泰字
公業、所謂鄭公業為不亡、（二十）泰始中辭司空者此乎、廣平事比汲黯
淮陽事而人罕用司馬相如病免、家居茂陵、故眺以自謂、蓋

謂范之聲譽方蔑甚、已則當求講閒退之地也、心事俱已矣、必自有說、不傳之秘、非所形容、味雲去蒼梧野之句、暗用舜殂落事、得非以齊主為諭乎、

稱荃按、梁書、范雲齊世為零陵內史、十洲記曰、丹陽郡中興里新亭、吳舊亭也、　五臣良注、周處為廣平太守三十年、滯訟一朝斷決、梁章鉅曰、周處入洛、稍遷新平太守轉廣漢太守、無為廣平太守事、良注無所出、恐不足據、　李善注引王隱晉書、以為鄭袤、方氏之說、蓋本於李善、　五臣翰注、上未能及周

要之鞿甚、下罷（未畢）歸如相如之謝病、故心事俱已矣、其說與方氏異、未知孰是、　孫人龍曰、八言詩字字用精、此是費長房縮地法、從長篇之勢為短章也、五章詩、始於蘇李、備於東京、至建安而暢、至太康而綺、至元嘉而矯健、至永明而和調、至梁則駸駸乎律詩矣、

晦聞先生曰、六朝五言詩、由古詩而創為後世五律五絕五言排律之體、其源流可遞數者也、玄暉此詩、開後世排律之宗、范雲巫山高詩、巫山高不極、白日隱光輝、靄靄朝雲去、冥冥暮雨歸、巖懸獸無跡、林暗鳥疑飛、枕席

竟誰薦、相望徒依々、則五律之濫觴也、

張子房詩

謝宣遠

王風哀以思、周道蕩無章、卜洛易隆替、興亂罔不亡、力政吞九鼎、苛慝暴三殤、息肩纏民思、靈鑒集朱光、伊人感代工、幸來扶興王、婉々幕中畫、輝々天業昌、鴻門消薄蝕、垓下殞欃槍、爵仇建蕭宰、定都護儲皇、肇允契幽叟、翻飛指帝鄉、惠心奮千祀、清埃播無疆、神武睦三正、裁成被八荒、明兩燭河陰、慶霄薄汾陽、鑾旍歷穎寢、飾像薦嘉嘗、聖心豈徒徵、惟德在無忘、逝者如可作、揆子慕周行、濟濟屬車士、粲粲翰墨場、（翰曰、瞻時爲豫章太守、違此盛事、故曰企一方、）瞽夫違聖觀、竦踊在（企）一方、四達陸平直、蹇步愧無良、飡和忘徵遠、延首詠太康、

方虛谷曰、劉裕義熙十三年、舟師至項城、遊張良廟、僚佐賦詩、瞻爲冠、第一韻、王風哀以思、周道蕩無章、以言周之衰、第三韻、力政吞九鼎、苛慝暴三殤、以言秦之暴、東坡譏五臣謬注三殤、其實乃是李善、第五韻至第十韻、美子房、

婉婉幕中畫一句、世每用之、鴻門消薄蝕、垓下隕欃槍、爵
仇建蕭宰、定都護儲皇、肇允契幽叟、翰飛指帝鄉、皆
佳、肇允翰飛、瞻詩兩用此語、第十一韻至十四韻、歸美劉裕、
首曰神武睦三正、又曰明兩燭河陰、慶霄薄汾陽、河陰
汾陽、先帝所居、謂裕至矣、又曰聖心豈徒甄、不待明年
九日集於戲馬臺而稱聖也、裕之奪晉而自君也久
矣、後五韻、四達雖平直、蹇步愧無良佳、他本平平、
稱荃揆、力政吞九鼎、李善注、力政謂秦也、罷字曰、反天意也

力政也、如淳漢書注曰、王室微弱、諸侯以力相攻伐也、愚意以為此昭王始皇、政、始皇名也、謂其取天下以力不以德、故曰力政、　苛慝暴三殤、方氏謂東坡譏五臣誤注三殤、其實乃是李善、此說許嘉德辨之極詳、文選筆記云、陳振孫書錄解題云、東坡謂五臣、乃俚儒之荒陋甚、反不及李善、此謝瞻詩、苛慝暴三殤、引苛政猛於虎、以文其夫為殤、非是、然此說乃實本於善也、案善引禮記、只釋苛字、九錫文、更無苛政、注亦引禮記文可證、東坡但識五臣、直齋並誣李氏、坐讀書不細心耳、按陳古迂集評儒議論云、東坡曰、李善注文選、本末詳備、極可喜、所謂五臣、真俚儒之荒陋者、而世以為勝善、亦謬矣、張子房詩、苛慝暴三殤、此禮所謂上中下三殤、言暴秦無道、戮及孥稚也、而乃引苛政猛於虎、吾父吾夫吾子皆死於是、謂夫共父為殤、豈非荒陋乎、是則東坡所據文選、此注為五臣、非李注、明甚也、李注無專本、今之李注、皆從六臣內抄錄成書、其誤以李注為五臣、以五臣為李注、全書殊謬甚多、不僅此一處、此實五臣而謗李注者、李周翰注全引禮記孔子過泰山側云云，至苛政猛於虎處以下，更有秦之苛法，天下怨之，其暴甚於此三殤者，十六字，善曰下有禮記曰苛政猛於虎八字，輯六臣者，乃於善注下，妄加同翰注三字，因之錄善注者，各本皆全引禮記文矣，不知既云同翰注，則秦之苛政云云十六字，亦是翰注，何以削而不錄，此可見後人任意增削妄加，皆非李氏原文顯然矣，又一說，六臣李注，只引苛政猛於虎一語，以釋苛字，並不兼引三殤，五臣乃以禮之文夫子謂之，其說亦是，李注極為謹嚴，九錫文之全引，乃擇言之，似與此異，注引苛政一語不同、自未可因誤謬之注而疑為善舊、否則東坡豈未見李有此注、而仍以五臣耶、注當删正、又姚寬西溪叢語云、三殤、恐為秦穆殺三良、不使終其天年、此黃鳥之詩、所以哀也、殉葬乃始於秦、其苛慝可知、

秋胡詩一首

顏延年

（二十一）椅桐傾高鳳、寒谷待鳴律、影響豈不懷、自遠每相匹、婉彼幽閑女、作嬪君子室、峻節貫秋霜、明艷侔朝日、嘉

運既我從、欣願自此畢、燕居未及好、良人顧有違、脫巾千里外、結綬登王畿、戒途在昧旦、左右來相依、驅車出郛郭、行路正威遲、存為久離別、歿為長不歸、嗟余怨行役、三陟窮晨暮、嚴駕越風寒、解鞍犯霜露、原隰多悲涼、迴飈卷高樹、離獸起荒蹊、驚鳥縱橫去、悲哉游宦子、勞此山川路、（二十二）迢迢行人遠、宛轉年運徂、良時為此別、日月方向除、孰知寒暑積、僶俛見榮枯、（二十三）歲寒臨空房、涼風起座隅、寢興日已寒、白露生庭蕪、勤役從歸願、反路遵山河、昔辭（二十四）秋未素、今來（二十五）歲載華、蠶月觀時暇、桑野多經過、佳人從所（二十六）務、窈窕援高柯、傾城誰不顧、弭節停中阿、年往誠勞（二十七）思、事遠闊音形、雖為五載別、相與昧平生、捨車遵往路、鳧藻馳目成、南金豈不重、聊自意所輕、義心多苦調、竊此（二十八）金玉聲、高節難久淹、朅來空復辭、遲遲前途盡、依依造門基、堂上拜嘉慶、入室問何之、日暮行採（二十九）歸、物色桑榆時、美人望昏至、慙歎前相持、有懷誰能已、聊用中若難離、居殊年載、一別阻河關、春來無時豫、秋至恒早寒、明發動愁心、閨中起长嘆、慘悽歲中宴（三十）、日落遊子顏、高張生絶絃、聲急由調起、自昔枉光塵、結言固終始、如何久為別、百行愆諸己、君子失明義、誰與偕（三十一）沒齒、愧彼行露詩、甘之長川汜、

方虛谷曰、此詩九章、章十句、頗傷於多、陶淵明賦桃源三良荊軻何其簡而明也、然此亦善鋪敘、存為久離別、沒為長不歸、犯蘇子卿語、却用得好、三陟窮晨暮、詩陟彼高岡、陟彼崔嵬、陟彼岨矣、三陟句頗巧、原隰多悲涼 以下四句、

歲暮臨空房以下四句、猶有建安風味、他所點者皆可雋永、詩長篇爲難、九折更端、則不離矣、此詩及五君詠顏詩之最也、李善文選注、東坡之所深詆、無一字不見來歷皆博極羣書、間亦有隨文釋義者、且此四詩、脫巾千里外、結綬登王畿、注云、巾、處士所服、綬、仕者所佩、今欽官於陳、故脫巾而結綬也、能盡巾綬之義、極佳、又引東觀漢記、江革養母（幅）服巾及漢書蕭朱結綬事、可謂詳細、然秋胡之仕於陳、止是魯之隣國、而云王畿、恐顏延之一時廣言、陸以秋胡子爲題、

（三十二）

亦淡言仕宦之意、其注乃引詩緯曰、陳王業所由起也、此意似（三十三）
頗未通、戒徒在昧旦、注引易歸藏曰、君子戒車、小人戒徒、李善
时、尚有易歸藏也、自昔桂光塵、結言固絶始、下五字亦作詩
常着觀注、乃知用公羊語、結言而退、又楚詞、解佩纕以結言、
周易歸妹、人之終始、前賢遣詞不妥如此、高張生絶絃、聲急（三十四）
由調起、注上句喻立朝期於効命、下句喻辭切興於恨深、余
謂此意謂有所激耳、必出於不平耳、
静峯按、列女傳曰、魯秋胡潔婦者、魯秋胡子之妻、秋胡子

既納之、五日去而官於陳、五年乃歸、未至其家、見路旁有美婦人方採桑、秋胡子悅之、下車謂曰、今吾有金、願以與夫人、婦人曰嘻夫採桑奉二親、吾不願人之金、秋胡子遂去、歸至家、奉金遺其母、其母使人呼其婦、婦至、乃向採桑者也、秋胡子見之而慚、婦曰、束髮脩身、辭親往仕、五年乃得還、當見親戚、今也乃悅路旁婦人、而下子之裝、以金與之、是忘母不孝也、妻不忍見不孝之人、遂去而走、自投河而死、蓋秋胡之妻情操高潔、薄秋胡之行、不願妻屈詭隨、故以一死殉其志、諡之曰潔、良不愧也、所謂不忍見不孝之人、殆如屈原不忍以身之察察、受物之汶汶之同一不忍義、司馬遷稱屈原、以蟬蛻穢濁之中、（三十五）浮游塵埃之外、推此志也、雖與日月爭光可也、魯潔婦之芳行亦何讓焉、顏氏此詩、仿孔雀東南飛、偏重於鋪敘、只（三十六）勁節貫秋霜、及自昔枉光塵以下八句、差寫潔婦之人格心情、諸家評語多不當、惟劉子玄識此詩過於稱述、謂殆未察其所以死耳、　三陟、或云當用陟岵詩、自當以李注引卷耳為是、此但言行役耳、　韜來、李注引楚詞王逸注、韜、去

也、楊用修曰、呂氏春秋、膠鬲見武王於鮪水、曰西伯朅至、往朅、何也、則朅之為言盡也、朅來空復辭、當以盡來義始通

五君詠

顏延年

阮步兵

阮公雖淪跡、識密鑒亦洞、沈醉似埋照、寓辭類託諷、長嘯若懷人、越禮自驚衆、物故不可論、途窮能無慟、

嵇中散

中散不偶世、本自餐霞人、形解驗默仙、吐論知凝神、立俗迕流議、尋山洽隱淪、鸞翮有時鎩、龍性誰能馴、

劉參軍

（三十七）劉伶善閉關、懷清滅聞見、鼓鍾不足歡、榮色豈能眩、韜精日沈飲、誰知非荒宴、頌酒雖短章、深衷自此見、

阮始平

仲容青雲器、實稟生民秀、達音何用深、識微在金奏、郭奕已心醉、山公非虛觀、屢薦不入官、一麾乃出守、

向常侍

向秀甘淡薄、深心託豪素、探道好淵玄、觀書避章句、交呂既鴻軒、攀嵇亦鳳舉、流連河裏遊、惻愴山陽賦、

（三十八）

方虛谷曰、沈約宋書曰、顏延之領步兵、好酒疏誕、劉湛言於廬陵王義康、出為永嘉太守、延之作五君詠、以述竹林七賢、山濤王戎以貴顯被黜、詠嵇康曰、鸞翮有時鎩、龍性誰能馴、詠阮籍曰、物故不可論、途窮能無慟、詠阮咸曰、屢薦不入官、一麾乃出守、詠劉伶曰、韜精日沈飲、誰知非荒宴、此

四句蓋自序也、

錦呈按、方說乃據沈約宋書、所謂此四句蓋自序也、實不可解、依所舉詩、則是八句非四句也、四句指或為四人之詠、然亦不甚當、愚意以為五詠皆延之自況之辭、不僅嵇康阮籍阮咸劉伶為自序、即向秀亦自序也、按延之傳此詩作於元嘉三年、徐羨之傅亮謝晦被誅之後、劉湛殷景仁等專當權要之時、

義熙十二年、劉裕北伐授宋公、延之以豫章公世子中軍行參軍奉使至洛陽、道中作詩二首、文辭藻

處、為謝晦傅亮所賞、少帝即位、徐羡之等疑延之出為始安太守、謝晦謂延之曰、昔荀勖忌阮咸、斥為始平郡、今卿又為始安、可謂二始、傅徐於延之、後見排斥、謝晦於延之、始終無間、向秀一詩、當時為追悼謝晦之作、以秀之惻愴山陽自況、而以嵇呂所罹之冤酷比晦也、南史延之傳、好騎馬遨遊里巷、遇知舊、輒據鞍索酒、得必傾盡、欣然自得、沉醉似埋照、韜精日沉飲、皆自況也、夢溪筆談云、自杜牧之擬把一麾江海去之句、誤用一麾二字、後遂為牧守故事、張雲璈曰、牧守擁麾語自牧之始、亦未為得、沈約修文齊安陸王碑、建麾作牧、在牧之前、安知其不用建麾故事、不必麾字定出顏詩也、麾、當依李善注作指揮解為不穿鑿、延之初為徐羨之出為始安、後又為劉湛出為永嘉、故有此怨懟之作、延之傳、湛及義康以其辭旨不遜已甚、乃以光祿勳車仲遠代之、延之屏居里巷不豫人間者七載、及劉湛誅、始起為始興王濬後軍諮議參軍御史中丞、詩之作時賈禍如此、詩之價值彌足珍也、譚元春謂五君詠另換一翻心手、鍾惺謂為詠史之第一流、王世貞謂五君詠忽自秀於他作、其故無他、蓋詩中有延之自己之生命與感情在也、　梁蕭統以五君詠不取山濤王戎、因為補詠二首、姑附錄於此、山公弘識量、早廁竹林歡、聿來值英主、身游廊廟端、位隆五教職、才周五品官、為君翻已易、居臣良不難、濬沖如蕭散、薄暮至中台、徽神歸鑒景、晦行屬聚財、嵇生襲玄夜、阮籍變青灰、留連追宴緒、壚下獨徘徊、

（三十九）

詠史詩一首

鮑明遠

五都矜財雄、三川養聲利、百金不市死、明經有高位、京城十二衢、飛甍各鱗次、仕子彯華纓、遊客竦輕轡、明星辰未稀、軒蓋已雲至、賓御紛颯沓、鞍馬光照地、寒暑在一時、繁華及春媚、君平獨寂寞、身世兩相棄、

虛谷曰、此詩八韻、以七韻言繁盛之如彼、以一韻言寂寞之如此、左太沖詠史第四首、亦八韻、前四韻言京城之豪侈、後

四韵言子雲之貧樂、蓋一意也、明遠多為不得意之辭、憫乎寒士下僚之不達、而惡乎逐物奔利者之苟賤無耻、每篇必致意於斯、唐以來詩人多有此體、李白陳子昂集中可考、而近代劉屏山為五言古詩、亦出於此、參以建安體法、　五都、王莽立均官、洛陽邯鄲臨淄宛成都也、三川、周京河洛伊也、言都會處、千金之子、不死於市、陶朱公語、明經取青紫、夏侯勝語、此四句起柱也、入京城十二衢、則專言長安矣、君平獨寂寞、身世兩相棄、明

（四十）

遠以自嘆也、文選謂身棄世而不仕、世棄身而不仕、此語至佳、

稺荃按、劉坦之說此詩亦同方氏意、謂此篇本指時事、而託以詠史、明遠退處既久、而因以自況、　曾滌生云、寒暑句勢利所在、變態須臾、　君平句、李太白變其句法云、君平既棄世、世亦棄君平、亦佳、　明遠集此詩後即為蜀四賢詠、詠嚴君平、司馬相如、王褒、揚雄四人也、首贊君平之守寂寞、次頌相如之雄也能躍、末詩四賢均能拔擢遠託、與此詩同一用意、皆

不得於時之作、

游西池一首

謝叔源

悟彼蟋蟀唱、信此勞者歌、有來豈不疾、良游常蹉跎、
逍遙越城市、願言屢經過、迴阡被陵闕、高臺眺飛霞、
惠風蕩繁囿、白雲屯層阿、景昃鳴禽集、水木湛清
華、褰裳順蘭沚、徙倚引芳柯、美人愆歲月、遲暮
獨如何、無為牽所思、南榮戒其多、

（四十一）

虛谷曰、起句十字亦佳、毛詩蟋蟀在堂、歲聿云暮、今我不樂、日月其除、此所謂悟也、韓詩伐木、勞者歌其事、此所謂信也、有來、謂將來之年也、選注引陸雲歲暮賦云、年有來而棄予、此西池之游、所以唯恐其失之也、高臺眺飛霞、水木湛清華兩句、俱佳、美人戀歲月、所思也、庚桑楚謂南榮趎、無使汝思慮營營、引此以言且復行樂、不必牽於思而過甚也、意是而語頗拙耳、

繹奎按、許巽行曰、叔源下李善注沈約宋書、案宋書無謝混傳、

混晋代已誅、皆出沈約晋書、約傳云、撰晋書一百十卷、亦見隋志、又注宋西池丹陽以下十六字、向注誤入、削、

泛湖歸出樓中玩月一首

謝惠連

日落泛澄瀛、星羅游輕橈、憩榭面曲池（汜）、臨流對迴潮、輟策共駢筵、並坐相招要、哀鴻鳴沙渚、悲猿響山椒、亭亭映（四十二）江月、瀏瀏出谷飇、斐斐氣冪岫、泫泫露盈條、近矚祛幽蘊、遠視盪諠囂、（四十三）晤言不知罷、從夕至清朝、

方虛谷曰、王逸注楚辭、倚沼畦瀛兮遙望博、楚人謂池澤中為瀛、爾雅、江決出復入為氾、毛詩注、可與晤言、晤、對也、此悟字與晤同、惠連少年工詩文、此篇十六句之內、十二句對偶親的綺靡細潤、然言景不可以無情、必有近矚窺幽蘊、遠視遙諠囂、及末句乃成好詩、若靈運則尤情多於景、而為謝氏詩之冠、散義勝偶句、叙情勝述景、能如是者、建安可近矣、

穉荃撝、晤言不知罷注引毛詩鄭玄曰、晤、對也、晤與悟古

字通、依注則詩當作悟言、今本皆作晤非也、　靈運傳、惠連幼有才悟而輕薄、不為父方明所知、靈運去永嘉還始寧、至會稽、造方明、過視惠連、大相知賞、時長瑜教惠連讀書、亦在郡內、靈運又以為絕倫、謂方明曰、阿連才悟如此、而尊作常兒遇之、何長瑜當今仲宣、而給以下客之食、尊既不能禮賢、宜以長瑜還靈運、靈運載之而去、此詩當是元嘉五年、靈運偕惠連長瑜還始寧後、惠連述其弟兄朋友游讌晤言之樂、靈運山居賦曰、其居也左湖又江（四十四）、往渚還汀、又曰、近北則二

巫結湖、兩習通沼、注曰、大小巫湖、中隔一山、外習周回、在西折（四十五）北、邊

浦出江、並是美處、

從游京口北固應詔一首

謝靈運

玉璽戒誠信、黃屋示崇高、事為名教用、道以神理超、昔

聞汾水游、今見塵外鑣、（四十六）鳴笳發春渚、稅鑾登山椒、張組

眺倒景、列筵矚歸潮、遠巖映蘭薄、白日麗江皋、原隰（四十七）

荑綠柳、墟囿散紅桃、皇心美陽澤、萬物咸光昭、顧己

枉維縶、撫志慚場苗、工拙各所宜、終以返林巢、曾是縈舊想、覽物奏長謡、

方虚谷曰、水經注、京口、丹徒之西鄉、西北有別嶺入江、三面臨水、高數十丈、號日北固、今鎮江府猶有北固樓、詩家絶境、(四十八)靈運出為永嘉太守、滿歲謝病去職、元嘉三年、既誅徐羨之傅亮謝晦、徵靈運為秘書監、顔延之為中書侍郎、四年文帝如丹徒、謁京陵、靈運以其秘書監從、故有應詔之作、靈運若曰、玉以為璽、所以戒誠信、黄以為屋、所以示崇高、

聖人非以此為富且貴也、此二事為名教之用耳、推言之則玉帛鐘鼓、禮樂之事也、有道焉以神理超乎形跡之外、外聖人所以制天下者也、用此（四十九）兩句為柱、引入黃帝窺姑射汾水之遊、以譬北園之讌、有莊老放逸意、何不用虞巡狩、夏遊豫事耶、自昔聞汾水遊、以至虛圃散紅桃、皆不過敘事述景、如白日麗江皋佳句也、老杜之遲日江山麗出於此、原隰荑綠柳一聯、艷而過於工、建安詩豈有是哉、皇心美陽澤以下八句、言主上遇於春陽之澤物、而已之拙不克工、懃於場駒之維縶、終顧間退、方見議論、然作應詔詩、自来難作、如此已為佳也、倒景有兩説、神仙家以日月皆在其下、謂之凌倒景、今以山臨水而影倒、謂之眺倒景、孫綽天台山賦、或倒景於重溟、稱荃揚、魏晉以還、儒家學説衰落、道家思想盛行、王何嵇阮之流、實開其端、一時名士、競尚玄言、愚以為其因有二、一者權奸當政、故託此無為之旨、以避禍遠嫌、一者兩漢定儒家於一尊、物極必返、亦自然之勢、殆東晉迄宋初、士大夫本無高蹈之心、不過貌襲風流、裝點身分、靈運尤爲巨擘、如述祖德詩、頌其祖却苻堅之大功、而曰並抱濟物性、而不纓垢氛、此詩歌頌文帝之鑾路出遊、而曰事爲名教用、道以神理超、皆心存植要、而語託曠達、代表之作其用黄帝汾水游、亦正以其事出莊子、如方氏所謂用虞延守、夏游豫事、則是譔人詩、是唐宋元人詩、而非琢東晉元嘉間謝靈運之詩也、

南史梁蕭正義爲南徐州刺史、武帝幸朱方、正義修解宇以待輿駕、於京口之西、有別嶺入江、

高數十丈、三面臨水、號曰北固、蔡謨起樓其上、頂有小亭、帝幸、登望之、歎曰此嶺不足固守、然京口實乃壯觀、改曰北顧、又南徐志京口舊名須口、即西浦也、

曾是縈舊想 李注、毛詩曰、曾是在位、何義門曰、以曾是為在位、亦當時語、張雲璈曰、靈運還舊園、見顏范二中書、亦云曾是反昔園、又任彥昇彈曹景宗云惟此庸固、理絕言提、取毛詩、言提其耳、謝玄暉八公山詩徽管寄明牧、取論語徽管仲之義、皆當時語也、

晚出西射堂一首

謝靈運

步（五十）出西掖（五十一）門、遙望城西岑、連障疊巘崿、青翠杳（五十二）深沉、曉霜楓葉丹、夕曛嵐氣陰、節往戚不淺、感來念已深、羈雌戀舊侶、迷鳥懷故林、含情尚勞愛、如何離賞心、撫鏡華緇鬢、攬帶緩促衿、安排徒空言、幽獨賴鳴琴、

方虛谷曰、文選注、永嘉郡射堂、予謂自西射堂、出西門

也、起句十字蓋古辭、曉霜楓葉丹與池塘生春草皆名句、以其自然也、節往感不淺、感來念已深、靈運每有此句法、蓋物而必及於情、人理之常也、不樂為郎、而懷賞心之人、至於撫鏡攬帶、悵夫鬢之老、衣之寬、則何其戚戚之甚耶、安排、莊子語、郭象注、謂安於推移、此則謂安於世運之推移、徒有其言、不能寄於琴書、是以寫幽獨之無聊也、意深遠而心惻愴、豈真悟於道者哉、

釋荃據太平寰宇記九十九、西射堂在溫州西南二里、基址

猶存、今西山寺是、此守永嘉、不得志、思念京中故舊之作

登池上樓一首

謝靈運

潛虬媚幽姿、飛鴻響遠音、薄霄愧雲浮、棲川怍淵沈、進德智所拙、退耕力不任、徇祿返窮海、卧痾對空林、傾耳聆波瀾、舉目眺嶇嶔、初景革緒風、新陽改故陰、池塘生春草、園柳變鳴禽、祁祁傷豳歌、萋萋感楚吟、索居易永久、離羣難處心、持操豈獨古、無悶

（五十三）

徽在今、

方虚谷曰、池上樓、永嘉郡（五十四）北樓、詩句之佳、（五十五）鏗鏘瀏亮、

合是靈運第一等詩、潛虯飛鴻、深潛高飛、虚設二

喻、而謂已不能雲浮川沈有所愧、此詩謂之變也、進

德智所拙、退耕力不任、詩不可無此等句、又以四句紀事

言情、又以四句賦早春時物、不特池塘生春草為佳句、

園柳變鳴禽及初景革緒風、新陽改故陰、亦佳句也、

謂春之初日革冬之餘風、春為陽、冬為陰、亦謂以春改

全也、傷幽歌之郭之、感楚吟之葽之、欲歸而從田也、索
居離羣、又所以極言夫所思之人也、惟無悶徵在今一句、
有病羲真之廢、固徐傅之無上、羲真〔靈運〕之出、猶得守
郡、本為自取、以為遯世無悶則欺心也、史稱靈運於永嘉
西堂、思詩竟日不就、忽夢見惠連、即得池塘生春草、
大以為工、常云此語有神助、非吾語也、按此句之工、不以字
眼、不以句律、亦無甚深意奥旨、如古詩及建安諸子、
明月照高樓、高臺多悲風、及靈運之曉風霜葉

（五十六）

丹、皆天然渾成、學者當以是求之、
稱荃撰、六臣本、空林下有衾枕昧節候、褰開暫窺臨二
句、晦聞先生謝靈康樂詩注、據焦弱侯本、亦有此二句、李善本無、蓋傳寫
之脫漏、必有此二句、氣脈方屬、故當補入之爲是、以詩情深
詞密、怨而不怒、通首皆佳、世人不察、乃千載艷傳池塘生春
草一句、蓋因謝氏家錄曰、康樂每對惠連、輒得佳語、後在
永嘉西堂、竟日思詩不就、寤寐間、忽見惠連、即成池塘
生春草、常（五十七）曰、此有神助、非吾語也、方氏所謂之史稱靈運云

云史書曰謝氏家錄也、　劉坦之曰、飛鴻、李善呂延濟皆以為高飛遠害、獨曾原取鴻漸高飛之義、謂與進德一句相應、當從其說、靈運自七月赴郡、至明年秋、已踰半年、因病起登樓、而作此詩、言虬以深潛而自媚、鴻能奮飛而揚音、二者出處雖殊、亦各得其所矣、今我進希薄霄、則拙於進德、無能為用、故有愧於飛鴻、退效棲川、則不任力耕、無以自養、故有慙於潛虬也、夫進退既已若此、未免徇祿海邦、至於臥病昏昧、不覺節候之易、今乃暫得臨眺、因覩春物更新、則知離索既久，而感傷懷人之情，自不能已，蓋是時盧陵王事廢，故念及之。

葉夢得曰：池塘生春草，園柳變鳴禽，世多不解此語為工，蓋欲以奇求之耳。此語之工（五十八），在無所用意，猝然與景相遇，備以成章，不假繩削，詩家妙處，當須以此為根本，而思苦言艱（五十九）者，往往不悟。鍾嶸論之最詳，其略云：思君如流水，既是即目，高臺多悲風，亦惟所見，清晨登隴首，羌無故實，明月照積雪（六十），詎出經史，古今勝語，多非假補，皆由直尋。

沈德潛曰：池塘生春草，偶然佳句，何必深求，權

德與辭為王澤竭、候將變、(六十一)則何由不可窮鑿耶、

游南亭一首

謝靈運

時竟夕澄霽、雲歸日西馳、密林含餘清、遠峯隱半規、久痗昏墊苦、旅館眺郊歧、澤蘭漸被徑、芙蓉始發池、未厭青春好、(六十二)已覩朱明移、慼慼感物歎、星星白髮垂、藥餌情所止、衰疾忽在斯、逝將候秋水、息景偃舊崖、我志誰與亮、賞心惟良知、

方虛谷曰、永嘉郡南亭也、按靈運詩、永初三年七月十六日之郡、在郡凡一年、鄰里相送方山詩曰、皎皎明秋月、此赴郡之始、在少帝即位、未改元之前也、西射堂詩曰、曉峯（風）霜葉丹、則在郡見冬矣、池上樓詩曰、池塘生春草、則在郡見春矣、此乃夏雨喜霽之作、思欲見秋而歸也、其歸（六十三）當作景平元年秋、景平二年五月少帝廢、八月文帝即位、改為元嘉元年、所謂賞心惟良知、必指從弟惠連及何敬瑜 羊璿之之流耳、三年、始徵為秘書監、稱荃按、方氏釋永嘉詩、時令簡要精晰、至謂賞心爲惠連與何羊輩、蓋令人對傳記致疑、宋書本傳謂靈運去永嘉還始寧時、方明爲會稽郡、靈運嘗自始寧至會稽造方明、過視惠連、大相知賞、時長瑜教惠連讀書、亦在郡内、靈運又以爲絕倫、又元嘉五年、靈運既東還、與族弟惠連東海何長瑜潁川荀雍太山羊璿之以文章賞會、共爲山澤之遊、時人謂之四友、據傳則靈運之識惠連與何羊、當在去永嘉之後、而謝氏家錄所載、康樂每對惠連輒得佳語、後在永嘉西堂夢惠連、得池塘生春草之句、則康樂之與惠連游、似又不自去永嘉至會稽始、　晦聞先生曰、時竟、謂四時中一時之終也、猶史記高祖紀、所謂歲竟也、半規謂日西將落如半規也、時竟、即季春之月、故曰未昭移也、

游赤石進帆海一首

謝靈運

首夏猶清和、芳草亦未歇、水宿淹晨暮、陰霞屢興沒、周覽倦瀛壖、況乃臨窮髮、（六十四）川后時安流、天吳靜不發、揚帆采

石華、挂席拾海月、溟漲無端倪、虛舟有超越、仲連輕齊組、子牟眷魏闕、矜名道不足、適己物可忽、請附任公言、終然謝天伐、（六十五）

方虛谷曰首夏猶清和、王令以為名言、瀛壖、海之邊岸也、南極海中有窮髮之人、天吳、水伯也、其獸八首、八足、八尾、背黃青、石華、海月、皆海中可食之物、揚帆、掛席、古詩未嘗大巧、固不嫌異辭而同義、猶前詩用愧對怍也、仲連輕齊組、而子牟眷魏闕、文選注云、仲連輕齊組而至（六十六）海上、明海上可悅、旣悅海上、恐有輕朝廷之識、故云子牟眷魏闕、予謂靈運意不然、其意乃是雙舉仲連子牟、一是而一非之、矜名於道不足、名固不可矜也、適己於物可忽、忽字未安、以富貴為外物、而忽之可也、以物為人物之物、但知適己而忽物、則不可也、適己之說、史記謂莊子也、晉宋間人、老莊之學、終於偏處、靈運之病、正在於恣己自適、輕忽人物耳、任公言亦出莊子、予謂孔子圍於陳、大公任往弔之曰、直木先伐、甘泉先竭、其意者飾智以矜愚云云、故不免也、此寓言不足憑、靈運所以不能

（六十七）

謝夫伐者、豈非於聖門之學有所不足哉、稱登叢、靈運游名山志曰、永寧安固二縣中路東南便是赤石、又枕海、帆海、諸家無注釋、晦聞先生曰、輿地廣記、永寧即今溫州之永嘉郡縣、安固作安國、即瑞安縣也、宋鄭緝之永嘉郡記、帆游山地昔為海、多過舟、故山以帆名、孫仲容曰、帆游山在今瑞安縣北四十五里、據此、則今之帆游山、昔之帆海也、晦聞先生以帆游山為帆海、愚意殊不敢同、永嘉瑞安、其東皆臨海、赤石在永嘉東南、故枕海、帆游山既在瑞安北境、則不應近海、由赤石進帆海、此先生所云、則是由東南近海處之山、向內陸之山進發、與詩中辭旨殊不相牟、愚以爲帆海當作泛海解、韓退之詩、無因帆江海、帆字即作動詞泛字用、蓋靈運遊赤石、因進而駕舟泛海遨游、故曰遊赤石進帆海、首四句是指永嘉江舟行游赤石、周覽倦瀛壖、況乃臨窮髮、乃是已離赤石海岸、而進入於海、窮髮、莊子窮髮之北有溟海者、以下川后、天吳、石華、海月、溟漲、虛舟六句、皆詠海中情景、末六句蓋託爲曠達、有浮海不返之心、帶仲連子牟二人、一輕齊組而遯於海上、一身在江海而心存魏闕、以子牟爲矜名、以仲連爲適己、欲附任公之言、師乎仲連、高蹈遠引、以全生遠害耳、以莊老爲宗而黜六經、以虛誕爲辯而賤名檢、六朝名士之通習、靈運尤甚著者、方氏責以於聖門之學有所不足、迂矣、

石壁精舍還湖中作一首

謝靈運

昏旦變氣候、山水含清暉、清暉能娛人、遊子憺忘歸、

出谷日尚早、入舟陽已微、林壑斂暝色、雲霞收夕霏、芰荷迭映蔚、蒲稗相因依、披拂趨南徑、愉悅掩東扉、慮澹物自輕、意愜理無違、寄言攝生客、試用此道推、方虛谷靈運所以可觀者、不在於言景、而在於言情、慮澹物自輕、意愜理無違、如此用工、同時諸人皆不能逮也、至其所言之景、如山水含清暉、林壑斂暝色、及他日天高秋月明、春晚綠野秀、於細密之中、時出自然、不皆出於纖組、顏延年、鮑明遠、沈休文雖各有所長、不到此地、如石壁地名之

類、自可看文選注、
稱奉集、李善注此詩、謂爲讀書齋、劉坦之是其說曰、石壁
精舍、即所謂讀書齋、蓋太傅之故宅、此說殊欠考、古來
精舍之說有二、後漢書包咸傳曰、王莽末、爲赤眉賊所得、
晨夕誦經自若、賊義而遣之、因往東海、立精舍講授、蓋
儒者授生徒之處、即讀書齋也、韻語陽秋曰、晉孝武初、
奉佛法、立精舍於殿內、引沙門居之、故今人皆以佛寺爲
精舍、靈運之石壁精舍、即佛寺也、靈運遊名山志曰、湖

三面悉高山，枕水，諸山溪澗，凡有五處，南第一者，今在所謂石
壁精舍，焦竑庚謝靈運集，此詩之前有石壁立招提精
舍一首，曰敬擬靈鷲山，尚想祇洹軌，絕溜飛庭前，高林映
窗裏，山居賦曰，建招提於幽峯，冀振錫之息肩，庶鐙王之
贈席，想香積之惠飯，事在微而思通，理匪絕而可溫，又
曰面南嶺，建經臺，倚北阜，築講堂，傍危峯，立禪室，臨浚
流，列僧房，是精舍為奉佛之所，且為靈運所自建，非太傅故
宅，山居賦注，南術是其臨江舊宅，門前對江，非面南嶺，倚北

集也、精舍中住有二高僧、曰曇隆、法流、為靈運所崇敬、山居賦所謂、雖一日以千載、猶恨相遇之不早是也、靈運山居、有寺有僧、且建道場、招集遠近、賦曰、安居二时、冬夏三月、遠僧有來、近衆無闕、法鼓即響、頌偈清發、想見此公棄假歸來、以禪悦自適之豪情勝概、

登石門最高頂一首

謝靈運

晨策尋絶壁、夕息在山棲、疏峯抗高館、對嶺臨迴溪、

長林羅戶穴、積石擁基階、連巖覺路塞、密竹使徑迷、來人忘新術、去子惑故蹊、活活夕流駛、噭噭夜猿啼、沈冥豈別理、守道自不攜、心契九秋幹、目玩三春荑、居常以待終、處順故安排、惜無同懷客、共登青雲梯、

方虛谷曰、此詩密竹使徑迷、已似唐詩、新序、榮啟期曰、貧者士之常、死者人之終、居常待終何憂哉、靈運用此全語曰、居常以待終、恐靈運非貧者也、莊子老聃死、秦佚弔之曰、適來、夫子時也、適去、夫子順也、安排、已見前注、排者推也、

（六十九）

能處順、故安於造物之推移也、然靈運又豈能處順者哉、惜無同懷客、共登青雲梯、靈運每有賞心之嘆、即義真所謂未能忘言於悟賞者也、然知賞一也、有獨賞、有共賞、靈運思夫共賞者而不可得、則以獨賞爲憾、此尾句之意也、亦蕭蕭致意於斯、心契目玩一聯、謂内其實而外其華、先之以沉冥守道之説、自處高矣、虞同不爲俗人所惡、

稱登棠、石門、見於靈運詩中者二、一卽此詩、一石門新營

所住四面高山迴溪石瀨茂林修竹一首、說者極力分岐、李太白詩、康樂上官去、永嘉游石門、王阮亭吳翌鳳梁章鉅遂以此石門、為永嘉石門、王吳更謂、石門新營所住、為匡廬石門、永嘉石門、在雁宕山之西外谷、靈運永嘉游蹤、不及天台雁宕、洪容齋考之甚詳、太白詩不足為據、匡廬石門之說、亦甚不經、晦聞先生說、康樂雖曾游臨川、道之所經、若大林峰等、並考廬志、當時尋陽流寓、並無康樂其人、設果有所營之新居、志乘何為失載、以此知

阮亭之说亦誤也，宋李善注此诗，引靈運名山志曰，石
门涧六曲，石门遡水上，入两山口，两邊石壁，右邊石巖，
下臨涧水，劉坦之说，石门在今嵊縣界嵊山之陽，嵊山亦曰南山，謂靈運於南
北两居，往来棲息，此诗因還北居，復尋石门而作，一統志，靈
運山居在嵊縣北五十里，嵊縣即会稽，此诗與石门新营
所住诗，愚意以为同為會稽嵊山之石门，一據謝名山志，
二劉坦之说，三連巖觉路塞，密竹使径迷，與四面高
山，茂林修竹之語恰相合，会稽多竹，至今居人尚以竹為樓，

並剖竹以代瓦、又居常以待終、處順故安排、是守故居寂寞語、異於在永嘉怨激思歸之言、

於南山往北山經湖中瞻眺一首

謝靈運

朝旦發陽崖、景落憩陰峯、舍舟眺迴渚、停策倚茂松、側逕既窈窕、環洲亦玲瓏、俛視喬木杪、仰聆大壑灇、石横水分流、林密蹊絶蹤、解作竟何感、升長皆丰容、初篁苞綠籜、新蒲含紫茸、海鷗戲春岸、天

（七十）

鶏弄和風、撫化心無厭、覽物眷彌重、不惜去人遠、但恨莫與同、孤游非情嘆、賞廢理誰通、

方虛谷曰、此詩述事寫景、自天鶏弄和风以上十六句、大有佳句可膾炙、然非用撫化覽物一聯以繳之、則無講論無歸宿矣、此靈運詩高妙處、不惜去人遠、謂古人也、而惜共、深惜之也、以獨游山中、今人無可與同者也、孤游非情嘆、賞廢理誰通、謂已之獨游於此、不以真情形之嘆詠、則賞心之事之人既廢、此理誰與通乎、意極哀婉、柳子厚永州

謝詩多近此、陽岸（七十一）謂南山、陰岸謂北山、解作雷雨（七十二）、升長草木、用兩卦名為偶、建安詩無是也、稱荃橤、靈運山居賦曰、近北則二巫結湖、兩智通沼、又曰、若乃南北兩居、水通陸阻、自注曰、兩居、是南北兩處各有居止、峯嶠阻絕、水道通耳、劉坦之曰、南山、嶀山也、北山、石壁精舍所在、亦曰阮山（七十三）、即今所稱東山是也、湖、巫湖也、在南山之北、潀、與潀同、毛詩鳧鷖在潀、毛萇曰、潀水會也、爾雅釋鳥、鶾、天雞、注鶾、雞赤羽、逸周書曰、文鶾若彩雞、說文鶾雉肥、鷄音者也、總上數解、天鷄即雉、俗所謂野鷄者也、靈運山居獨游、歷覽山谷洲渚禽鳥風日、留連光景、有獨立蒼茫之嘆、不惜去人遠四句、方解極是、撫化心無厭、覽物眷彌重二句、是總束以上十六句、而興起下四句中間之一轉捩點、芳景良辰、思古懷人、情難自已、

從斤竹澗越嶺溪行一首

謝靈運

猨鳴誠知曙、谷幽光未顯、巖下雲方合、花上露猶泫、

逶迤傍隈隩、迢遞陟陘峴、過澗既厲急、登棧亦陵
緬、川渚屢（屬）逕復、乘流玩迴轉、蘋萍泛沉深、菰蒲冒清
淺、企石挹飛泉、攀林摘葉卷、想見山阿人、薜蘿若在
眼、握蘭徒辛勤、折麻心莫展、情用嘗（賞）爲美、事昧竟
誰辨、觀此遺物慮、一晤得所遣、

（七十四）

方虛谷曰、七韻言游山之事、四詠（誌）言情、借楚詞山鬼薜蘿語、
以懷所思之人、握蘭折麻、將以遺之、心徒勤而不展也、情
用賞爲美、語游山之情、已獨賞矣、而無知我心共賞之者、則

何美之有、如此、則其中幽昧、而無分別焉、一説謂吾之真情、以賞知此山為美乎、不暇顧、不暇憂、其不察也、以此觀之物類[慮]可遺、而是非可遺矣、然則伐木開徑、以披王謝之疑孟顗之奏、此詩張先兆也、隩、於到、於六二切、即隈也、江東人謂之浦、陘、胡庭切、連山中斷曰陘、嶺小而高曰峴、賢典切、折疎麻兮瑤華、將以遺兮離居、疎麻、神麻也、稱屋集、劉坦之曰、今會稽郡東南有竹竹嶺、去浦陽江十里許、即其地也、女蘿本指山鬼、是時廬陵王已死、故託言之、事昧、謂廬陵王為徐羨之等譖廢、尋復見殺、及已亦因此而出也、此篇因登覽山水、有懷而作、其言山谷幽深、曉景清麗、於是乘此出遊、延佇漸遠、不憚陵涉迴復之勞、而玩物適情、悠然自得、然而所期永隔、神期若存、偶因瞻眺山阿、而其人髣髴在目、雖欲折芳贈遺、以通殷勤、而此心莫展、徒成鬱結耳、夫情以賞適為美、況往事暗昧、竟無為辨明者、何乃自遺憂怨、且當觀此佳勝、遺去物慮、釋然一悟、斯得排遣之道矣、

應詔觀北湖田收一首

顔延年

周御窮轍跡、夏載歷山川、蓄軫豈明懋、善游皆聖仙、帝暉膺順動、清蹕巡廣廛、樓觀眺豐穎、金駕映松山、飛奔互流綴、緹彀代迴環、神行埒浮景、爭光溢中天、開冬眷徂物、殘悴盈化先、陽陸團精氣、陰谷曳寒煙、攢素既森藹、積翠亦葱仟、息饗報嘉歲、通急戒無年、温渥浹輿隸、和惠屬後筵、觀風久有作、陳詩愧未妍、

疲弱謝凌遽、敢累非纏牽、

方虛谷曰、此詩十三韵、无可取、文選丹陽郡圖經曰、樂游苑、晋時藥園、元嘉中築堤壅水、名曰北湖、集曰、元嘉十年也、予謂李善時有丹陽郡圖經、有顔延之集、今則無之矣、詩第二韵曰、善彰豈明懋、善游皆聖仙、注云、善彰不行、豈是欽明懋德之治、善游天下、皆是睿聖神仙之君、能通詩意、而理則無是也、前一韵曰、周御窮轍跡、夏載歷山川、言周穆王夏禹、此乃復注曰、聖謂夏禹、仙謂周穆、亦巧、稱蔣陵、北湖、即玄武湖、寰宇記曰、在昇州上元縣七里、春夏深七尺、秋冬四尺、灌田百頃、徐爰釋問曰、湖本桑泊、晉元帝大興中、創爲北湖、宋築堤、南抵西塘、以肄舟師也、今南京玄武湖周圍四十里、去一髮水仍深六七尺、湖中有洲五、茶寮畫舫、爲都人士女作樂之所、延之此詩一味生造雄砌、無足取也、古來庭制詩大抵都如此、蓋非情動於中之作、

（七十五）

車駕幸京口侍遊蒜山作一首

顔延年

元天高北列、日觀臨東溟、入河起陽峽、踐華因削成、巖險去漢宇、（七十六）衿衛徙吳京、流池自化造、山關固神營、圍縣極方望、邑社總地靈、宅道炳星緯、誕燿（曜）應神明、睿思纏故里、巡駕帀舊京（坰）、陟峰騰輦路、尋雲抗瑤甍、春江壯風濤、蘭野茂稊英、宣游弘下濟、窮遠凝聖情、嶽濱有和會、祥習在卜征、周南悲昔老、留滯感遺氓、空食疲廊肆、反稅事巖耕、

方虛谷曰、此詩十三韻、第四韻云、池流自化造、山關固神營、化造神營

四字可用、春江壯風濤、蘭野茂稊英、上一句佳、末韻、空作瘦廓肆、反視事巖耕、亦平平、他皆冗而晦、耕莘業、李善注、周南二句謂昔老、司馬談也、遺氓、自謂也、言帝方卜征以登封、而已巖耕以謝職、不獲預觀盛禮、所以悲同昔人、漢書曰、天子始建漢家之封、而太史公留滯周南、不得與從事、曰、令天子接千歲之統、封泰山、而予不得從行、是命也、五臣銑注亦云、延年詩意、乃不得從駕、退題之誤、張雲璈遂謂、延之自比於太史公之不得從行登封、題

（七十七）

中侍字为衍文、案宋書文帝本紀、元嘉二十六年二月巳亥、車駕陸道、幸丹徒、二月丁巳、詔、朕違北京二十餘載、雖云密邇、瞻途莫從、今因四表無虞、時和歲稔、復獲拜奉舊塋、展罔極之思、饗讌故老、申追遠之懷、五月丙寅、車駕北還、發丹徒、壬午至京師、蒜山曲阿當是同时之作、是时延之为秘書監光祿勳太常、正是文学侍從之臣、且有不隨行之理、如張説、此詩侍字为衍、則曲阿後湖之侍字豈亦衍文耶、○愚○忌 李善五臣皆僅據周南昔老之故實、使以為延之未得從行、以司馬談自況、愚意殊不謂然、題中侍字不容妄改、周南兩句、當是延之自謙、謂己尸位素餐、而念野有遺賢、如司馬談者、不克隨行、而己則空食疲於廊肆、反從事巖耕、蓋有退避賢路之意、此說大胆推翻李善五臣、不知將來解此詩者、其謂我何也、春江壯風濤、名句、在謝客池塘生春草之上、

車駕幸京口三月三日侍游曲阿後湖作一首

顏延年

虞風載帝狩、夏諺頌王游、春方動辰駕、望幸傾五州、山祇蹕嶠路、水若警（七十八）滄流、神御出瑶軫、天儀降藻舟、萬軸胤行衛、千翼汎飛浮、彫雲麗琁（七十九）蓋、祥飈被彩斿、江南進荆艷、河激獻趙謳、金練照海浦、笳鼓震溟洲、藐眄覯青崖、衍漾觀綠疇、人靈騫都野、鱗翰聳淵丘、德禮既普（八十）洽、川嶽徧懷柔、

方虚谷曰、此詩十一韵、偶句櫛比、全無頓挫、鮑明遠以鋪錦列繡目之是也、本不書此詩、書之以見乎雕繢滿眼之詩、

未可以盡謝靈運也。山祇之蹕，水若之警，非不以字為眼，隱軫藻舟，又非不裊，下句皆爾，如無意何。人靈騫都野，鱗翰聳淵丘，文選注謂騫聳皆驚排之意，都野民靈所居，淵丘鱗翰所聚，予以正文避唐太宗名，以民為人，其語淺碎無意。晉陵郡之曲阿縣下，陳敏引水為湖，四十里，號曰曲阿後湖，今常州境。元嘉二十六年作。

（八十一）

稗荃集，此詩及前蒜山之章，皆是元嘉二十六年從幸京

口之作、繇之所謂觀北湖田收詩曰、周御窮轍跡、此詩自夏

諺頌王游、周穆王勞民傷財、從事八荒之游、夏太

康尸位逸豫、五子怨而作歌、延之乃引為應制之作、典

故之作、六朝不如後世之精嚴禁忌也、

行藥至城東橋一首

鮑明遠

鷄鳴関吏起、伐鼓早通晨、嚴車臨迥陌、延瞰歷城闉、（八十二）

蔓草緣高隅、修楊夾廣津、迅風首旦發、平路塞飛

塵、擾擾游宦子、營營市井人、懷金近從利、撫劍遠辭親、爭先萬里塗、各事百年身、開芳及稚節、含采吝驚春、尊賢永照灼、孤賤常隱淪、容華坐消歇、端為誰苦辛、

方虛谷曰、此亦不得志詩、鷄鳴四句、昭自叙早行也、行藥有二義、晉宋間人服寒食散之類、服藥已而游行以消息之、行藥也、老杜詩、乘興還來看藥欄、蓋行視花草藥物之義亦通、蔓草以下叙景述事、言早起之人、不得為

士宦即為市井，懷金擁劍，近遠不同，而同於奔競也，故曰，爭先萬里途，各事百年身，下文曰，開芳及稚節，含采吝吝驚春，文選（八十三）吝字，殊為費力，其說曰，草之開芳，宜及少節，既以含采，理惜驚春，夫草之驚春，花葉必盛，盛必有衰，固所當惜也，又引孔安國尚書傳曰，吝，惜也，虛吝竊謂，吝字可疑，豈以上文有各事百年身，故於此句變各（八十四）字以為吝字乎，以愚見決之，當作開芳及稚節，含采各驚春（八十五）句是，此蓋有感於行藥之際，見草開芳含采之藥物、及乎未老之時、而皆有驚春之色、以譬乎士宦撫劍市井懷金之徒、然當时之所謂尊而賢者、久承光顯、吾曹之孤而賤者、則終於隱淪、坐成衰老、爲誰而空苦辛也、故曰此無不得意之詩、鮑照詩且未論、却於注中得王羲之詩一聯、甚佳、羲之答許詢曰、爭先非吾事、靜照在忘求、此語謝靈運未之及也、

（八十六）

稱荃案、行藥爲六朝士大夫之積習、其風開自魏之何晏、至唐初始泯、世説新語何平叔云、服五石散、非惟治病、

亦覺神情開朗（八十七）、其方出自漢代、至晏提倡、乃大行於世、主要藥品有紫石英、白石英、赤石脂、鍾乳石、硫黃等五石、又名五石更生散、又名寒食散、因其服藥節度、常宜冷食、或單稱散、或稱藥石、或直稱之曰藥、服食令人手足溫暖、骨髓充實、能消生冷、舉動輕便、復耐寒暑、然其性至熱、服散之後、忌安坐不動、當強起行、謂之行散、又謂之行藥、世說桓南郡楊廣共說殷荊州、宜奪殷覬南蠻以自樹、覬亦即曉其旨、嘗因行散、率爾至下舍（八十八）、便不復還、內外無預知者、又王孝伯在京行散、至其弟王覩戶前、問古詩何句爲佳、又王恭行散至京口射堂、見新柳、又魏書、邢巒傳、高祖因行藥至司空府南、見巒宅、遣使問巒曰、朝行藥至此、見卿宅乃佳、東望德館、情有依然、皆行藥之證、又藥性激烈、調護繁難、錯違節度、即致百病、晉書、皇甫謐傳、載謐初服寒食散、每委頓不倫、嘗悲恚叩刃欲自殺、隋巢元方、諸病源候總論、引皇甫謐云、寒食藥出世莫知焉、或言華佗、或言仲景、及寒食之

（八十九）

療者、御之甚難、將之甚苦、近世尚書何晏、耽好聲色、始服
此藥、心加開朗、體力轉強、京師翕然、傳以相授、歷歲之困
皆不終朝而愈、衆人喜於近利不覩後患、晏死之後服
者彌繁、於時不輟、余亦豫焉、或暴發不常、夭害年命、
是以族弟長互舌縮入喉、東海王良夫、癰疽陷背、隴西辛
長緒、脊肉爛潰、蜀郡趙公烈、中表六喪、悉寒食散之
所爲也、遠者數十歲近者五六歲余雖視息猶溺人之笑
耳、而世人之患病者、尤不能以斯爲戒、失節之人多來問余、乃

嘖然嘆曰、今之醫官、精方不及華陀、審治莫如仲景、而競服至堅之藥、以招甚善之患、其夭死者焉可勝記哉、此蓋六朝人之吸毒惡習、大致類近百年之鴉片嗎啡也、方氏服藥游行消息之說甚是、又引杜詩乘興還來看藥欄句則誤也、引杜詩、亦當引行藥頭涔涔之句、則與此同義、蓋明遠清晨行藥至城東橋、見夫游宦之子、市井之人、而慨然於奔競營擾、尊賢孤賤二句、愚意以為當作貴者恆貴、賤者恆賤解、皆明遠以行藥閒身、冷眼觀世、感喟之作、

不必孤賤隱淪定是自況、

游東田詩一首

謝玄暉

戚戚苦無悰、攜手共行樂、尋雲陟累榭、隨(九十)上望菌閣、遠樹曖仟仟、生煙紛漠漠、魚戲新荷動、鳥散餘花落、不對芳春酒、還望青山郭、

方虛谷曰、眺有莊在鍾山(九十一)、故曰游東田、起句佳、遠樹生煙之聯尤佳、魚戲新荷動、鳥散餘花落、佳之大佳、就礫

元美甚矣、陰鏗何遜庾信徐陵王褒張正見梁簡文薛道衡諸人詩、皆務出此、而唐人詩、無不襲此等語句、靈運惠連在宋元中元嘉間、猶未甚也、宋六十歲至於齊、而玄暉出焉、唐子西之論有旨哉、

群荃案、詩在建安以前、原為樂章之專名、皆能合樂歌唱、虞書所謂、詩言志、歌永言、聲依詠、律和聲是也、自三百篇、十九首、暨漢人樂府歌謠、音節皆自然流美、遠及建安五言詩、蔚為大國、乃脫樂章而獨立、正式稱為詩、魏晉

以來、詩與樂詩遂分為兩途、能被之管絃歌唱者、曰樂府、不能者曰詩、正始至元嘉二百餘年間、詩人之作雖辭麗義密、而與樂章分途、無聲音感人之美、齊永明时、沈約謝朓王融陸厥等倡為四聲八病之說、南齊書謂約等為文、皆用宮商、以平上去入為四聲、以此制韻、不可增減、約亦自謂、以為音律調韻、靈均以來此秘未睹也、八病、南史及南齊書僅記名目、後之說者、極為紛紜、然皆五言詩之法例也、大抵永明以前詩、只句末用韻、每句之中、則不講求平仄紐韻、永明體之四聲八病說、則每句中須平仄協調紐韻不犯抵觸、回循樂詩途徑、而詩法詩律則益更具備、於辭意之外加以聲律、此種創作、實為六朝五言古詩之一大發展、演為梁陳宮體詩之鎔鑄、而開唐人律詩之先河、以文學史眼光觀之、實為一大進步、而方氏謂徐庾陰何及唐人不襲此等語、其說過於泥古、而不知變也、南史齊文惠太子立館於鍾山下、號曰東田、與府屬游幸、後鬱林王狂縱遇弑、人謂東田反語為顛童也、南史沈約傳、立宅東

（九十二）

田、廬望郊阜、嘗為郊居賦、以序其事、即此地也、

文選顏鮑謝詩評補卷一校勘記

（一）所異：《謝康樂詩注》（以下簡稱《謝注》）引劉坦之語作『所以』。

（二）玄高：《左傳》、《呂氏春秋》、《淮南子》、《史記》俱作『弦高』。（宋校）

（三）玄高：見前校。

（四）玄高：見前校。

（五）十二牛：《左傳》作『牛十二』。

（六）巖樹：《昭明文選》（以下簡稱《文選》）、《四庫全書》本《文選顏鮑謝詩評》（以下簡稱《詩評》）并作『巘藝』。

（七）彭城：據《詩評》應於『彭城』後補『九月彭城』四字。

（八）鄄：鄄《廣韻》吉掾切、音絹。《詩評》原注誤。（龍校）

（九）以兗青司豫：『豫』後脱『既平』二字。《詩評》、《資治通鑑》（以下簡稱《通鑑》）并作『以兗青司豫既平』。

（十）築東城：《詩評》作『築來城』；《通鑑》作『築新城』。

（十一）有爲：『有』字爲衍文。《謝注》引王語作『事方不可爲耳』。

（十二）謙亨：《易》作『勞謙』。

（十三）有孚飲酒：《易》作『有孚於飲酒』。

（十四）若他人：《詩評》作『若他人也』。

（十五）龍蟄：《宋書・謝靈運傳》作『蟄驚』。

（十六）鹹醮縱：《宋書・武帝本紀》『斬僞蜀王譙縱，傳首京師』。此處當作『鹹譙縱』。（龍校）

（十七）詩題：奪『謝靈運』三字。

（十八）多病：原詩作『積痾』。

（十九）『賢叔大匠』四句：《詩評》卷一同。《晉書・鄭袤傳》作：『垂稱於陽平，魏郡并蒙惠化，且盧子家、王子雍繼踵此郡，欲使郡世不乏賢，故復相屈在郡。』

（二十）泰始中：『中』後奪『終』字。《詩評》作『泰始中，終辭司空者』。

（二十一）椅桐：《文選》、《詩評》并作『倚梧』。

（二十二）迢迢：《文選》、《詩評》并作『超遥』。

（二十三）歲寒：《文選》、《詩評》并作『歲暮』。

（二十四）昔辭：《文選》作『昔醉』。

（二十五）今来：《文選》、《詩評》并作『今也』。

（二十六）從所務：《文選》作『從此務』。

（二十七）劳思：《文選》、《詩評》并作『思勞』。

（二十八）密此：《文選》作『密比』。

（二十九）行採歸：《文選》作『行采歸』，《詩評》作『行來歸』。

（三十）歲中宴：《文選》、《詩評》并作『歲方晏』。

（三十一）末齒：《文選》、《詩評》并作『没齒』。

（三十二）　令欲：《文選》、《詩評》并作『今欲』。
（三十三）　王業：《文選》注作『王者』。
（三十四）　喻立朝：《文選》注作『喻立節』。
（三十五）　蜉游：《史記·屈原賈生列傳》作『浮游』。
（三十六）　勁節：原詩作『峻節』。
（三十七）　劉伶：《文選》作『劉靈』。
（三十八）　避章句：《文選》、《詩評》并作『鄙章句』。
（三十九）　値美主：《先秦漢魏晉南北朝詩》（以下簡稱《先詩》）作『値英主』。
（四十）　不得意：《詩評》作『不得志』。
（四十一）　蘭芷：《文選》作『蘭沚』。
（四十二）　法幽蘊：《文選》、《詩評》并作『袪幽蘊』。
（四十三）　晤言：《文選》作『悟言』。
（四十四）　又江、還汀：《全上古三代秦漢三國六朝文》（以下簡稱《全文》）分別作『江』、『還江』。
（四十五）　在西圻北：《全文》作『在圻西北』。
（四十六）　塵外鑣：《文選》、《詩評》并作『塵外鏕』。
（四十七）　原濕：《文選》、《詩評》并作『原隰』。
（四十八）　絶境：《詩評》作『絶景』。

（四十九）兩句：《詩評》作『四句』。

（五十）少出：《文選》、《詩評》并作『步出』。

（五十一）西掖門：《文選》作『西城門』。按《藝文類聚》、《寰宇記》、《謝注》均作『西掖門』。

（五十二）香深沉：《文選》、《詩評》并作『杳深沉』。

（五十三）鳴琴：《文選》、《詩評》并作『鳴禽』。（宋校）

（五十四）永嘉郡北樓，詩句句佳：《詩評》作『永嘉郡樓，此詩句句佳』。

（五十五）鑑鏘：《詩評》作『鏗鏘』。

（五十六）則欺心也：《詩評》作『則欺心矣』。

（五十七）常曰二句：《詩品》引《謝氏家録》作『故嘗云：此語有神助，非我語也』。

（五十八）在：前脱『正』。《石林詩話》此句作『此語之工，正在無所用意』。

（五十九）思苦言艱三句：《石林詩話》作『思苦言難者，往往不悟，鍾嶸《詩品》論之最詳』。

（六十）詎出經史：《石林詩話》作『非出經史』。

（六十一）則何句：據沈德潛《古詩源》『則』字衍。

（六十二）已觀：《文選》作『已覩』。

（六十三）當作：《詩評》作『當在』。

（六十四）臨窮髮：《文選》作『陵窮髮』。

（六十五）天伐：《文選》、《詩評》并作『夭伐』。

（六十六）而至：《文選》、《謝注》作『而之』。

（六十七）甘泉：《莊子集釋·山木篇》作『甘井』。
（六十八）即響：《宋書·謝靈運傳》作『朗響』。
（六十九）秦使：《文選》、《謝注》作『秦失』。按：《莊子集釋》成玄英疏云：『姓秦，名失』。
（七十）新浦：《文選》、《詩評》并作『新蒲』。
（七十一）陽岸：《詩評》亦作『陽岸』，疑誤。原詩作『陽崖』。
（七十二）解作雷雨：《詩評》作『解作謂雷雨』。
（七十三）阮山：《謝注》引劉語作『院山』。
（七十四）徒辛勤：《文選》、《詩評》并作『勤徒結』。
（七十五）湖本桑泊：《太平御覽》卷六十六引徐爰《釋問》作『玄武湖本桑泊』。
（七十六）漢夷：《文選》作『漢宇』。
（七十七）謂昔老：《文選》作『昔老謂』。
（七十八）驚滄流：《文選》、《詩評》并作『警滄流』。《藝文類聚》亦作『驚滄流』。
（七十九）彤雲：《文選》、《詩評》、《先詩》并作『彫雲』。
（八十）浦洽：《文選》、《先詩》并作『普洽』。
（八十一）頗碎：《詩評》作『破碎』。
（八十二）廻陌：《文選》、《詩評》并作『迴陌』。
（八十三）文選客字：《詩評》作『《文選》注客字』。
（八十四）變名字：《詩評》作『避名字』。

（八十五）　句是：《詩評》作『爲是』。

（八十六）　不得意：《詩評》作『不得志』。

（八十七）　神情：《世説新語》（以下簡稱《世説》） 作『神明』。

（八十八）　至下舍：《世説》作『去下舍』。

（八十九）　見新柳：《世説》作『見新桐』。

（九十）　隨上：《文選》、《詩評》、《先詩》并作『隨山』。

（九十一）　在鍾山：《文選》作『在鍾山東』。

（九十二）　鑑鏘：疑作『鏗鏘』。參校注（五十五）

文選顏鮑謝詩評補

卷二

文選顏鮑謝詩評補卷二

元歙縣方回評
江安黄𤦎荃補

秋懷詩一首

謝惠連

平生無志意，少小嬰憂患。如何乘苦心，矧復值秋晏。皎皎天月明，奕奕河宿爛。蕭瑟含風蟬，寥戾度雲雁。寒商動清閨，孤燈曖幽幔。耿介繁慮積，展轉長宵半、夷險難豫謀、倚伏昧前算、雖好相如達、不同長卿慢、頗悅鄭生偃、無取白衣宦、未知古人心、且從性所翫、賓至可命觴、朋來當染翰、高臺驟登踐、清讌時陵亂、頹魄不再圓、傾羲無兩旦、金石終銷毀、丹青暫彫煥、各勉玄髮歡、無貽白首歎、因歌遂成賦、聊用布親串、

虛谷曰、蔡寬夫詩話謂、晉宋間詩人有一人名而分用之者、如劉越石、宣尼悲獲麟、西狩泣孔丘、謝惠連、雖好相如達、不同長卿慢等語、若非前後相映帶、殆幾不可讀、予謂唐初

猶有此風、李延年南史恩倖傳有云、謀於管仲齊桓有
召陵之師、邇於易牙小白掩陽門之扇、此亦可笑者也、於
司馬相如長卿取其達、而不取其慢、於鄭均仲虞、取其乞骸
骨告歸、而受尚書祿、有白衣尚書之稱、則所不取、意本自佳、
長卿慢係押韻、慢字有來歷、嵇康高士傳贊曰、長卿慢世、
此文選注有益後學者如此、金石終銷毀、丹青暫彫煥、此
十字極佳、丹青語圓形、
釋荃案、一人名字於駢驪文多用之、古人已有此格、如焦氏易林、

申公顛倒、巫臣覆國、馮敬通顯志賦、欵子高於中野兮、遇伯成而定慮、又沈約宋書恩倖傳序胡廣累世農夫、伯始致位卿相、黄憲牛醫之子、叔度名動京師、皆此類也、蘇東坡獨樂園詩、兒童誦君實、走卒知司馬、蓋倣效此等句法、

廬陵王墓下作一首

謝靈運

曉月發雲陽、落日次朱方、含悽泛廣川、灑淚眺(一)連

岡、春言懷君子、况痛結中腸、道消結憤懣、運開申悲涼、神期恒若在、德音初不忘、徂謝易永久、松柏森已行、延州協心許、楚老惜蘭芳、解劍竟何及、撫墳徒自傷、平生疑若人、通蔽互相妨、理感深情慟、定非識所將、脆促良可哀、夭枉特兼常、一隨往化滅、安用空名揚、舉聲泣已灑、長嘆不成章、

虛谷曰、道消、謂義真被殺、則以鬱結憤懣、運開、謂文帝踐立、可以申寫悲涼、通蔽、本桓譚語、謂漢高光、今用

之以明季札之於徐君、楚老之於龔勝、解劍惜蘭、舉措異常、若通人之蔽焉、然今日之痛、情理如此、則知昔人之非蔽也、靈運詩此等處為佳致、

穉登案、宋書廬陵王義真傳、義真聰明愛文義、而輕動無德業、與陳郡謝靈運、瑯琊顏延之、慧琳道人並周旋異常、云得志之日、以靈運延之為宰相、慧琳為西豫州都督、徐羨之等嫌義真與靈運延之昵狎過甚、故使范晏從容戒之、義真曰、靈運空疏、延之隘薄、魏

文帝云、鮮能以名節自立者、但性情所得未能忘言於悟賞、故與之游耳、文靈運傳、廬陵王義真、少好文集、與(二)靈運情款異常、少帝執政、權在大臣、靈運構扇異同、非毀執政、司徒徐羨之等患之、出為永嘉太守、景平二年六月、少帝廢弒、義真亦遇害於新安徒所、(三)少帝以景平二年六月癸丑遇弒、義真以景年六月癸未遇害、癸丑癸未相距為三十一日、不能同在一月、義真傳之六月疑當作七月、文帝以七月迎立、八月、改元元嘉、詔謂廬陵王靈柩在遠、(四)國封墮替、追復先封、特遣奉迎、是廬陵之柩、元嘉元年即已還葬丹徒、元嘉三年、徐羨之、傅亮誅、徵靈運為秘書監、還經曲阿丹、（五）文帝問曰、自南行來、何所製作、對曰、過廬陵王墓下作一篇、蓋洩己之憤懣、且頌文帝之復還旅根也、靈運於廬陵投分既深、出處影響亦極大、沉哀鉅痛、發而為言、極蒼涼迴盪之情、為謝詩中第一等之作、不知方氏何以謂為不佳、　陳胤倩曰、常謂康樂情深、而多愛人也、推其多愛、故山水亦愛、（六）朋友亦愛、觀墓下之作、哀惋異常、知忠義之感、亦非全僞、　況痛結中腸、許巽行曰、繞一本作切、當以切字為合、結則與下句複也、晦聞先生曰、雲陽、即鎮江丹陽縣、朱方即丹徒、孝宗書、宗諸（七）諸陵多在丹徒、則廬陵墓、亦必祔之也、期、會也、李善注、以若人指延州楚老、呂向謂、若人指王、吾謂呂說是也、若指延州楚老、於詩義不合、蓋哀廬陵、不應論及二人也、若人、即承上君子言、論語、君子哉若人是也、通、謂生為帝子、蔽、猶塞也、謂廢為庶人、此互相妨矣、理、即通塞之理、劉淇注字辨略云、定、的辭也、將、及也、識、猶見也、定非識所將、識字與上疑字相對、謂通塞之理相妨如此、則非吾識見之所能及也、脆促既可哀、而夭枉又兼常人之痛、謂由帝子而降庶人、而被戮也、空名、謂文帝即位追、崇王為侍中也、說文、泣、無聲出涕也、稱荃謂桑、先生釋若人通蔽、精闡異常、為李善以來人所未道、空名、疑是指義真穎異好文、及留鎮關中其事、

拜陵廟作一首

顏延年

周德恭明祀、漢道尊光靈、哀敬隆祖廟、崇樹加(八)壇塋、逮事休命始、投跡階王庭、陪廁廻天顧、朝讌流聖情、早服身義重、晚達生戒輕、否來王澤竭、泰往人悔形、救躬懟積素、復興昌運并、恩合非漸漬、榮會在逢迎、風(九)宿嚴清蹕、朝駕守禁城、束紳入西寢、伏軫出東坰、衣冠終冥漠、陵邑轉葱青、松風遵路急、山煙冒壠生、皇心憑容物、民思被歌聲、萬紀載絃吹、千載託旒旌、未殊帝世遠、已同喻(十)龠化萌、幼壯困孤介、末景謝幽貞、發軌喪

夷易、歸乾慎崎傾、
虛谷曰此詩十七韻、松風遵路急、山煙冒壠生、兩句平平、是處可用他、切題處冗而晦、無可書、蓋從宋文帝上高祖塚也、
釋荃業、淪化、今文選本多誤作淪化、因赤虞曰、淪化去化也、皆指高祖之德、言幼壯少時困孤介、不能居少帝亂時也、
末暮、老年也、謝幽貞、言德文帝不復幽棲也、發軌二語、以喻己之仕也、初仕時為發軌、遇高祖平易之際、遭少帝是衰

其平易也、歸輅、謂老年以來之將歸、當防其傾隕也、

同謝諮議銅雀臺詩一首

謝玄暉

繐帷飄井幹、尊酒若平生、鬱鬱西陵樹、詎聞歌吹聲、
芳襟染淚跡、嬋娟（十一）空復情、玉座猶寂寞、况乃妾身輕、

虛谷曰、文選注、謝諮議璟、（十二）銅雀臺、曹操建安十五年作於鄴都、遺令五伎人皆著臺上施六尺牀繐帷、朝晡上脯糒之屬、月朔十五、輒向帳作伎、汝等時時登臺、望吾墓田、予謂此乃後人字

靈筵之禮、布細而疏謂之繐、南陽有鄧繐、韓、音寒、井欄、
臺之通稱、西陵樹豈能聞歌聲、蓋指操也、楚辭嬋
媛、王逸訓爲牽引、今人誤作嬋娟非是、
釋荃葉、李善注此詩、井幹則引司馬彪莊子注曰、幹、井欄、然
井幹、臺之通稱也、疏非是、方氏援之謂井欄臺之通稱
蓋非、五臣注直謂、銅雀臺一名井幹更謬、據史記、始皇
出母於咸陽宮、諫者輒殺於井幹闕、漢書郊祀志云、漢
武帝立井幹樓、高五十丈、是秦爲井幹闕、漢爲井幹

樓、西都賦攀井幹而未半、目旋轉而意迷、注亦以如武
帝井幹樓、是井幹之名、自有專屬、玄暉蓋以井幹比銅
雀臺瓦、西陵樹、李注引不敢指斥、故以樹言之、方氏
援注引、樹豈能聞歌聲、蓋指樓也、亦不甚當、陳餘山
曰、陵旁之樹尚不聞聲、塚中枯骨更有何益、蓋諷之也、
陸士衡年代較近、而弔魏武帝文、未常不直斥、玄暉
非魏臣、何不可直斥之有、同、即和也、毛西河曰、古人詩題有
所謂違同共、即違和也、謝玄暉同謝諮議同雀臺詩、唐

（十三）

盧照鄰同紀明孤雁詩、皆是和詩、非同游也、

答靈運一首

謝宣遠

夕霽風氣涼、閑房有餘清、開軒滅華燭、月露浩已盈、獨夜無物役、寢興亦云寧、忽獲愁霖唱、懷勞奏所誠、艱（嘆）彼行旅艱、深茲眷想（言）情、伊余雖寡慰、殷憂暫為輕、牽率酬嘉藻、長揖愧吾生、

盧谷曰、七韻惟四句佳、夕霽風氣涼、閑房有餘清、開

軒滅華燭、月露皓已盈、以下不工、此詩若靈運愁霖詩也、文選於忽獲愁霖唱下注云、靈運愁霖詩序云、亦從兄宣遠、今所謂五言集靈運集已亡、不可考、稱荃集、鄭漁仲通志藝文略、載有臨川內史謝靈運集二十卷、馬貴與經籍考不復著錄、晁公武陳振孫兩家志錄亦闕不書、是謝集二十卷已散亡於宋季、今所存者、逮明李獻吉黃勉之沈道初三人先後蒐集、焦弱侯始合刊成之謝康樂集書四卷、其一二卷為賦、四卷為文、三卷列樂府及詩也、張天如漢魏六朝百三名家集、謝康樂集不分卷、兩集中皆無愁霖詩、幸於善注存其題序也、宣遠此詩發端甚佳、嘆彼行旅艱、深茲眷言情、以下應更有所抒寫、乃竟匆促作結、方氏謂其不工、非不工也、謀篇之不善也、

於安城荅靈運一首

謝宣遠

條繁林彌蔚、波清源愈濬、華宗誕吾秀、之子紹前胄、

綢繆結風徽、絪縕吐芳訊、鴻漸隨事變、雲臺與年
峻、華萼相光飾、嚶嚶悅同響、親親子敦予、賢賢吾
爾賞、比景後鮮輝、方年一日長、萎葉愛榮條、涸流好
河廣、頑業謝成操、復禮愧貧樂、幸會果代耕、符守
江南曲、履運傷荏苒、遵塗歎綿邈、布懷存所欽、我勞
（十四）亦何篤、肇允雖同規、翻飛各異槩、迢遞封畿外、窈
窕承明內、尋塗塗既暌、即理理已對、絲路有恒悲、矧乃在
吾愛、跂行安步武、鎩翮周數仞、豈不識高遠、違方往有

吝、歲寒霜雪嚴、過半路愈峻、量已畢友朋、勇退不敢
進、行矣勵令猷、寫誠酬來訊、
虛谷曰、文選注靈運贈宣遠序曰、從兄宣遠、義熙十一
年正月作守安城、其年夏、贈以此詩、到其年冬有答、
第一章華宗誕吾秀、之子紹前胤、此句無匹、第二章親
親子敦予、賢賢吾爾賞、亦佳、予在金陵制幕、黃制使
婁考擬試、同幕制機夏士林、以賢賢吾尔賞為省試
題詩、詞所試之賞也、宣遠元嘉乃詞、靈運之辱我親

（十五）

其說也。我之賞靈運賢其質也。第四章，肇允雖同規，翻飛各異槩。此所謂兩用者，文選注下文，窮寵承明內，謂靈運爲秘書監。按此詩，靈運嘗爲大司馬行參軍事，永初三年，始爲永嘉太守，元嘉三年，始爲秘書監，則宣遠卒於豫章久矣。第五章有云，量已畏友朋，勇退不敢進，亦宣遠惡其弟宣明之盛，始終有退志。然宣明坐誅，併及兄之子，則宣遠有子亦不免死，哀哉。稱荃集，今靈運集亦無贈宣遠詩，宋書謝晦傳

亦不載出守安城事、得此可補史之闕文、安城、孫皓寶
鼎二年、分豫章廬陵長沙立、領平都新喻等七縣、
瞻傳載靈運好臧否人物、族叔混患之、欲加裁折、未有
方也、謂瞻曰、非汝莫能、乃與瞻晦曜弘微等共遊戲、使瞻與
靈運登車、使商較人物、瞻謂之曰、秘書早亡、談者亦互有
同異、靈運默然、言論自此衰止、世祇傳靈運與惠連友
于之愛而不及瞻、讀史傳、似瞻希心遠澹、既惡其弟宣明
之權盛、亦薄靈運之輕躁、觀此兩詩、知謝氏昆季賞荒

之樂、固不僅靈運與惠連而已、

西陵遇風獻康樂一首

謝惠連

我行指孟春、春仲尚未發、趣途遠有期、念離情無歇、成裝候良辰、漾舟陶嘉月、瞻途意少悰、還顧情多闕、哲兄感此(十六)別、相送越坰林、飲餞野亭館、分袂澄湖陰、悽〻留子言、眷〻浮客心、迴(十七)塘隱艫栧、遠望絕形音、靡〻即長路、戚〻抱遙悲、悲遙但自弭、路長當語誰、行〻道轉

遠、去之情彌遲、昨發浦陽汭、今宿浙江湄、屯雲蔽曾嶺、
驚風涌飛流、零雨潤墳澤、落雪灑林丘、浮氛晦崖巘、
積素惑原疇、曲汜薄停旅、通川絕行舟、臨津不得濟、
佇檝阻風波、蕭條洲渚際、氣色少諧和、西瞻興遊嘆、
東睇起悽歌、積憤成疢痗、無萱將如何、
虛谷曰、五章、章八句、僅有四句佳、積素惑原疇、惑字佳、
餘多譾諄、靈運答此詩殊勝也、
釋荃案、梁章鉅曰、良註以西陵為所居之西陵、非也、此浙江

（十八）

東之西陵驛名也、以詩昨發浦陽汭、今宿浙江湄知之、水經注、浙江又經固陵城北、今之西陵也、會稽志、西陵城在蕭山縣西十二里、吳越改曰西興、陳餘山曰、無萱將如何、注引薛君曰、萱草忘憂也、是矣、乃又云萱與諼通、諼固訓忘、而不可以萱草通作諼草也、此四字殊贅、

還舊園見顏范二中書

謝靈運

辭滿豈多秩、謝病不待年、偶與張邴合、久欲還東山、聖靈

昔迴（十九）眷、微尚不及宣、何意衝飈激、烈火縱炎煙、焚玉發崑峯、餘燎遂見遷、投沙理既迫、如邛願亦愆、長與歡愛別、永絶平生緣、浮舟千仞壑、總轡萬尋巔、流沫不足險、石林豈爲艱、閩中安可處、日夜念歸旋、事躓兩如直、心愜三避賢、託身（二十）青雲上、棲巖挹飛泉、盛明盪氛昏、貞休康屯（二十一）邅、殊方感成貸、微物豫采甄、感深操不固、質弱易攀纏、曾是反昔園、語往實款（欵）然、曩基即先築、故池不更穿、果木有舊行、壤石無遠延、雖非休憩地、聊取永日閒、衛生

自有經、息陰謝所牽、夫子照情素、探懷授往篇、

虛谷曰、此詩二十一韻、初兩韻、引張邵事為柱、次五韻、先言武帝舊眷、而徐傅廢弒、因以見黜、次五韻、言自永嘉郡得歸、賈誼投沙、馬卿如邛、史魚兩如直、孫叔教三避賢、皆善用事、暨明遘氛昏以下四韻、言文帝擢為秘書監、今乃酬素款而還故園也、曩基即先築、故池不更穿、果木有舊行、壤石無遠延、當是永嘉歸始寧時、宅墅之役大盛、已招物論、故誓不再行擴廣也、後三韻、平平繳尾、然終有伐山開徑、

不自收斂之悔、何耶、
稱荃案、偶與張邴合、李注以為張良、邴曼容、晦聞先生曰、案
漢書、張釋之傳云、其子摯、字長公、官至大夫、免、以不能取容
當世、故終身不仕、陶潛扇上畫贊、長公與曼容並列、贊云、
張生一世(二十二)、曾以事還、顧我不能、高謝人間、岧岧丙公、望崖
輒歸、匪驕匪吝、前路威夷、以此證之、當是張長公邴曼容
也、理謂法官也、懲失也、王引之曰、曾是乃是也、是字、助詞、言乃
反昔園也、往篇之往字、即語往實款然之往、謂言往之詩此篇

也、又久欲還東山、李注、東山謂會稽始寧也、朱蘭坡曰、又欲還 案方輿紀要、故始寧城在今上虞縣西南五十里、後漢永建四年、分上虞南鄉置縣、吳晉以後因之、東山在縣西南四十五里、登陟幽阻為絕勝、即晉謝安所居、又縣西南五十里、曰壇讌山、有成功嶠、以謝玄破符堅、歸會稽而名、閩中安可處、李注引漢書曰、故越王無諸、世奉越祀、身率閩中兵以佐滅秦、韋昭曰、東越之

（二十三）

別號也、如注所引、蓋閩越本通稱、康樂為永嘉太守、永嘉於春秋戰國時、並屬越、秦為閩中郡、即今之溫州府治、府境尚

其福建接壤、故宗雖仍晋舊郡、易名永嘉、而亦可稱閩中也、

登臨海嶠初發彊中作與從弟惠連見羊何共和之一首（二十四）

謝靈運

杪秋尋遠山、山遠行不近、與子別山阿、含酸赴脩軫、畛中流袂就判、欲去情不忍、顧望脰未悁、汀曲舟已隱、隱汀絶望舟、鶩棹逐驚流、欲抑一生歡、并奔千里遊、日落當棲薄、繫纜臨江樓、豈惟昔情歛、（二十五）憶爾共淹留、（淹留）昔時歡、復增今日嘆、茲情已分慮、況乃協悲端、秋泉鳴北澗、哀猿響南巒、戚戚

新別心、悽悽久念攢、攢念攻別心、旦發清溪陰、暝投剡中宿、明登天姥岑、高高入雲霓、還期那可尋、儻遇浮丘公、長絕子徽音、

盧谷曰、此當是四章、章四韻、而文選不注羊何共和之、實李白首用為詩、後人多用謂羊璿之何長瑜也、含酸赴脩軫（畛）、謂長路也、作軫非、顧望脰未悁、悁字當作痟、陸彥聲詩曰、相思心既勞、相望脰亦悁、謂引頸以望、未勞而身已隱也、列仙傳、王子喬、好吹笙、道人浮丘公、接以上嵩山、末句用此事、殆

亦戲言、萬一遇仙尼擧、則與惠連永絶音問也、
稱荃集、此詩文選與謝集皆爲一章、王阮亭分之爲四章、
晦聞先生清華大學講義亦分之爲四章、此詩與酬從弟惠
連一首、即致惠連詩、綿密真摯、每章八句一轉韻、而靈運詩
轉韻處均承上章、字句較惠連尤爲齊整、上承曹子建
贈白馬王彪、下開後世轆轤之體、宋書本傳、靈運與族
弟惠連、東海何長瑜、潁川荀雍、太山羊璿之以文章賞會、
時人謂之四友、劉坦之曰、臨海、晋宋時郡名、即今台州也、山銳

而高曰嶠、疆中地名、今嵊山下、有曰疆口者、疑即此所也、史云靈運由侍中自解東歸、嘗著木屐登山陟嶺、自始寧南山伐木開徑、直至臨海、此詩蓋初登南山時作、以寄惠連、而於首章追述其將有遠行、臨別顧戀之情也、剡、古縣名、屬會稽郡、即今嵊縣也、吳伯其曰、旦發云云、俱是繫纜臨江时、預計而天路言、今夜宿此、明旦早發清谿、明夕便宿剡中、宿剡中之明日、便登天姥峰矣、天姥岑即臨海嶠、

酬從弟惠連一首

謝靈運

寢瘵謝人事(二十六)、滅跡入雲峯、巖壑寓耳目、歡愛隔音容、
永絕賞心望、長懷莫與同、末路值令弟、開顏披心胸、心胸
既云披、得意咸在斯、凌澗尋我室、散帙問所知、夕慮曉月
流、朝忌曛日馳、晤對無厭歇、聚散成分離、分離別西川、
迴(二十七)景歸東山、別時悲已甚、別後情更延、傾想馳(二十八)佳音、
果枉濟江篇、辛勤風波事、款曲洲渚言、洲渚既淹時、

風波子行遲、務協華京想、詎存空谷期、猶復惠来章、祗足攪余思、儻若果歸言、共陶暮春時、暮春雖未交、仲春善遊遨、山桃發紅萼、野蕨漸紫苞、鳴嚶已悅豫、幽居猶鬱陶、夢寐佇歸舟、釋我吝與劳、

盧谷曰、惠連五章已評、在後詳、此乃是惠連訪靈運於始寧山居、别去將往都下、至西興阻風、以詩来寄、而靈運答也、一筆寫就如書問、直道野情懷、既委曲、又流亂、

穉荃案、方氏之説甚是、此蓋答惠連西陵阻風之作、悟對無

厭歇、子共惠連出樓中翫月詩悟言不知罷對者、分離陽(二十九)西川、迴景歸東山、西川、即惠連獻詩昨發浦陽汭之浦陽江也、東山、靈運所居之地、濟江黃、即指惠連阻風所獻詩也、惠連獻詩曰、我行指孟春、(三十)仲春尚未發、而此曰、儻若果(三十一)言歸、共陶暮春時、又曰、夢寐佇歸舟、則盼其速返也、歡愛隔音容也、晦聞先生曰、似指廬陵王義真、其時廬陵已薨、故云隔音容、故云永絕賞心、

贈王太常一首

顏延年

玉水記方流、璇源載圓折、蓄寶每希聲、雖秘猶彰徹、聆龍睇九泉、聞鳳窺丹穴、歷聽豈多工、唯然觀世哲、舒文廣國華、敷言遠朝列、德輝灼邦懋、芳風被鄉耋、側同幽人居、郊扉常晝閉、林閭時晏開、亟迴長者轍、庭昏見野陰、山明望松雪、靜惟浹羣化、徂生入窮節、豫往誠歡歇、悲來非樂闋、屢美謝繁翰、遙懷具短札、

虛谷曰此詩十二韻、玉水記方流、璇源載圓折、事出尸子、凡水、

（三十二）

其方折者有玉、其圓折者有珠、飾文廣國華、敷言遠朝列、
德輝灼邦懋、芳風被鄉耋、此稱王僧達、側同出人居、郊扉
常晝閉、林閭時晏開、亟回長者轍、此四句謂僧達來訪、
然錯綜互對、古未見之、昔也郊扉常晝閉、以側同幽人居也、今

（三十三）

也林閭時晏開、以亟迴長者轍也、庭昏見野陰、山明望松
雪、延之自述所居、下一句始自然、
稱荃、案、沈約宋書、王僧達以孝建三年除太常、李注不
引此、而引蕭子顯齊書、未知何意、王顏皆瑯琊臨沂人、故

日芳風被鄉臺、傳達答詩、似優於原唱、

夏夜呈從兄散騎車長沙一首

顏延年

炎天方埃（三十四）鬱、暑晏闋塵紛、獨靜闕偶坐、臨堂對星分、側聽風薄木、遙睇月開雲、夜蟬當夏急、陰蟲先秋聞、歲候初過半、荃蕙豈久芬、屏居惻物變、慕類抱情殷、九思（逝）非空思、七襄無成文、

虛谷此詩七韻、夜蟬當夏急、陰蟲先秋聞、歲候初過半、

荃蕙豈久芳四句可書、隱幽一句尤佳、文選注、五言、集曰、
從兄散騎、字叔宗、車長沙、字仲遠、今不知其名、
稱荃蕙、顏詩好堆砌、此首乃近自然、⿰火矣、廣韵曰、勢盛也、
文選本有作埃者、非也、

直東宮答鄭尚書一首

顏延年

皇居體環極、設險祗天工、兩闈阻通軌、對禁限清風、陂
事旅東館、徒歌屬南墉、寢興鬱無已、起觀辰漢中、

流雲藹青闕、皓月鑒丹宮、踟躕清防密、徙倚恒漏窮、君子吐芳訊、感物惻余衷、惜無丘園秀、景行彼高松、知言有誠貫、美價難克充、何以銘嘉貺、言樹絲與桐、

盧谷曰、此詩十韻、惟流雲藹青闕、皓月鑒丹宮、一言東宮、一言中書、齊正他皆可及、文選注、鄭鮮之字道子、稱荃宰、宋書鄭鮮之傳、高祖踐祚、遷太常、都官尚書、宋書百官志都官尚書高祖所增 永初二年、出入丹陽尹、復為入都官尚書 元嘉三年、王弘入相、舉鮮之為尚書右僕射、宋書顏延之傳、永初中、徙尚書

（三十五）

儀曹郎、太子中舍人、元嘉三年、徵爲中書侍郎、尋轉太子中庶子、跋予旅東館、徒歌屬南墉、詩中景平、永初元二年、元嘉三、四年、皆可適合、特不知此東宮爲廢帝義符抑爲元凶劭也、陳餘山謂踟躕清防密之清防、爲屏風、謂李氏庶注而不注、集李注引夏侯湛答潘岳詩曰、相思限清防、企蛀（佇）誰與言甚是、文選、劉公幹贈徐幹詩、拘限清切禁、中情無由宣、李注引史記曰、景帝居禁中、禁中者、門戶有禁、非侍御不得入、所謂限清防、限清切禁、皆臺省中門戶有禁、

不能隨意往還、清防當作清禁解、陳説殊呆拙、言樹綠與桐句、語有疵類、桐可樹綠不可樹也、

和謝監靈運一首

顏延年

弱植慕端操、窘步懼先迷、寡立非擇方、刻意極窮(三十六)棲、伊昔遘多幸、秉筆侍兩閨、雖慙丹雘施、未謂玄睽素、徒遭良時詖、王道奄昏霾、人神幽明絕、朋好雲雨乖、弔屈汀洲浦(三十七)、謁帝蒼梧(三十八)蹊、倚巖聽緒風、攀

林結留美、跂予間衡嶠、謁月瞻秦稽、皇聖昭天德、豐澤振沉泥、惜無爵雉化、何用充海淮、去國還故里、幽門樹蓬藜、采茨葺昔宇、剪棘開舊畦、物謝時既晏、年往志不諧、（三十九）親人數情昵、興玩（四十）究辭棲、芳馥歇蘭若、清越奪琳珪、盡言非報章、聊用布所懷、

虛谷曰、延之元嘉三年、徵為中書侍郎、靈運徵為祕書監、其先二人俱為廬陵王義眞所昵、高祖崩、少帝

立、徐羨之（四十一）等屏之人出爲始安、永嘉太守、在永初三年秋、景元元年秋、靈運謝病歸會稽、至是徐傅既誅、文帝詔用延之自始安還朝、至此賦答、延之詩用事用字皆有來歷、謂如弱植、則子產（四十二）與其君弱植、端操、則楚辭内惟省以端操、寤步、則楚辭夫維捷徑以窘步、先迷、則易先迷失道、寡立、出荀子、刻意、出莊子、擇方、窮棲、無全出處、方字、棲字、經傳皆有之、此用字之法、學者不可不知也、此四句延之自謂也、伊昔以下四句、言向東立朝兩闈、謂東宮尚書省、丹艧、以喻君恩、玄素、以喻己節、徒遭以下四句、言少帝昏亂、衣冠乖阻、弔屈以下六句、言出爲遠郡、在湘思越、有懷靈運、跂予、曷月字、摘毛詩用之尤雅、皇天以下四句、言文帝召用、慚己無補、去國以下六句、言解郡還家、補葺舊隱、有遲暮之嘆、親仁以下四句、稱靈運贈詩、歇奪二字均佳、尾句謂盡言非報章、自揆不足以敵靈運、故曰非報章、此詩凡七八折、鋪叙非不整矣、用事用字非不密也、以鮑照之詭裁之、則謂之雕繪滿眼可也、如靈運詩、昏旦變氣候、山水含清暉、清暉能娛人、遊子憺忘歸、天趣流動、言有盡而意無窮、似此之類、恐顏之未敢與也、如桃李春風一杯酒、江湖夜雨十年燈、未是山谷奇處、石吾甚愛之、勿遣牛礪角、牛礪角尚可、牛鬭殘我竹、乃山谷奇處也、今世學選詩、近世無其人、惟趙汝讜近三謝、猶有埶砌之跡、而失於舒緩、步步之蛻隨、無先生變化之妙云、

稱荃撥、蒼山即蒼梧之山、顧亭林贈顧推官咸正詩、

（四十三）

日光不到地、暘（奚）帝蒼山蹊、自注引顏詩謁帝蒼山蹊句、何（四十四）
用充海淮、何義門以為淮從濰省、惟唯維皆可讀、陳解山
以為從濰省之淮字、見周禮、乃青州之濰、與徐州之淮、兩
字兩音、古韵淮佳灰支微之皆相通也、

郡內高齋閒望答呂法曹一首

謝玄暉

結構何迢遰、曠望極高深、窗中列遠岫、庭際俯喬
林、日出眾鳥散、山暝孤猿吟、已有池上酌、復此風中琴、

非君美無度、孰為勞寸心、惠而能好我、問以瑤華音、若移金門步、孰見玉山岑、

虛谷曰、郡宣城郡也、柳子厚詩曰、遂攜郡齋好、謝守但臨窗、用窗中列遠岫事也、或以曲本訓穴、謝宣城詩（四十五）用此字、乃以為雲無心以出岫、若專言穴、則淵明之意不亦狹乎、山谷常（四十六）用之、窗中遠岫是眉黛、席上榴花是舞裙、山有巖有穴、以岫為遠山、似亦無害、問以瑤華音、問、饋遺也、左傳、問以弓、詩、雜佩以問之、金門、言宮

省、玉山、言隱霧、一出揚雄解嘲、一出穆天子傳、稱荃蕙、孫月峯語、宣城以康樂之秀而變之以輕清、令人心怡神曠、事雖清之變、在於音調流美、蓋永明聲之創製使然、沈約謝靈運傳論、張蔡曹王曾無先覺、潘陸顏（四十七）謝去之彌遠、正謂此也、

在郡臥病呈沈尚書一首

謝玄暉

淮陽股肱守、高臥猶在茲、況復南山曲、何異幽棲時、

連陰盛農節、籉笠聚東菑、高閣常晝掩、荒齋（階）少諍辭、珍簟清夏室、輕扇動涼颸、嘉魴聊可薦、淥蟻方獨持、夏李浮（四十八）朱實、秋藕折輕絲、良辰竟何許、夙昔夢佳期、坐嘯徒可積、為邦歎已朞、絃歌終莫取、撫几令自嗤、

虛谷曰、起句二韻謂卧病治郡如汲黯、不異棲隱、以下十句敘事述景、又君謂太守之樂、然下文乃云良辰竟何許、夙昔夢佳期、此十字乃是見約明（自）東陽太守入為尚書、

意欲約引已入朝也、其日爲郡累已期、則補郡或在鬱林王昭業之隆昌元年七月被弑、海陵王昭文立、改爲延興元年、十月明帝鸞立、又改爲建武元年、約之爲吏部出東陽、亦恐與朓同時、而約先入也、

（四十九）

稱善桑、良辰風昔二句、方解殊不如李善原注之佳、善注說云西良辰竟在何許、而今風昔亦夢佳期、阮嗣宗詠懷詩曰、良辰在何許、凝霜沾衣襟、許、所也、尚書曰、夙夜浚明有家、孔安國曰、夙、早也、浚、深也、早夜思之、須明

行之、楚辭曰、與佳期兮夕張、王逸曰不敢斥尊者、故言佳也、原注優婁、當彌重之、鍾嶸詩品曰、（五十）於時謝朓未遒、江淹才盡、范雲名級故微、故約稱獨步、

暫使下都夜發新林至京邑贈西府同僚一首

謝玄暉

大江流日夜、客心悲未央、徒念關山近、終知反路長、秋河曙耿耿、寒渚夜蒼蒼、引領見京室、宮雉正（五十一）相望、金波麗鳷鵲、玉繩低建章、驅車鼎門外、

思見昭丘陽、馳暉不可接、何況隔兩鄉、風雲有鳥路、江漢限無梁、常恐鷹隼集、時菊委嚴霜、寄言罻羅者、寥廓已高翔、（五十二）

虛谷曰、南史謂王秀之欲以啟聞、朓知之、因求還、寄此詩、味尾句、誠若以遠引之義、然以江陵為京室、金波麗鳷鵲、玉繩低建章、用之子隆、則諸侯王也、無以用人主宮殿字乎、

稱峯案、鳷鵲建章句、乃指金陵京邑而言、非謂

江陵、方氏之舛〔駁〕殊誤、下都二字、劉坦之猶當作還都、愚意還下二字不易相訛、齊書謝朓爲隨王子隆文學、子隆在荊州、好詞賦、數集僚友、朓以才文尤被賞愛、長史王秀之以朓年少相動、密以啓聞、世祖敕朓可還都、〔按〕荊州在長江上游、金陵在長江下游、由荊州至金陵船隨江下、故曰下都、今世俗尚多此語法、未必爲字訛也、張雲璈曰、西府猶爲西州、張敦頤六朝事蹟宮殿門云、西州臺城宮省之所處

也、曰東府宰相之所居也、曰西州諸王之所宅也、時朓
次隨王子隆文學、以王府如西州府、猶因西州而名、
西州初不名府、然又按南史宋諸王子傳、劭入弑之旦、
始興王濬在西州府云云、則所謂西府者、指西州之府、
西州不越都城之内、時子隆在荊州、非西州之地、蓋
以諸王之通稱、故謂之西府耳、首言雄壓千
古、風力何減於建安、

酬王晉安一首

謝玄暉

梢梢枝早勁、塗塗露晚晞、（五十三）南中榮橘柚、寧知鴻鴈飛、拂霧朝清閣、日旰坐彤闈、悵望一塗阻、參差百慮依、春草秋更綠、公子未西歸、誰能久京洛、緇塵染素衣、（五十四）

虛谷曰、晉安郡今泉州、故云南中榮橘柚、寧知鴻鴈飛、清閣、恐當作青閣、朓自謂朝趨東宮王府之類、文選注、王晉安、名德元、公子未西歸、謂晉

安、錙塵染素衣、眺亦欲出外也、
耦荃集、楊慎曰、晉安、即閩泉州也、南中榮橘柚、即謂
云樹盡不落葉也、寧知鴻雁飛、即謂云雁飛不
到粵也、樹不凋、雁不到、本是瘴鄉、卻以美言之、乃是
隱語之妙、許巽行曰、清閩、一作青、棠下云彤闈、刻
作青為對、江淹雜體詩云、日夕望青閩、虞九章曰、
首四句主、中四句己、末四句主與己分收、

文選顏鮑謝詩評補卷二校勘記

（一）眺連岡：《文選》、《詩評》并作『眺連崗』。

（二）文集：《宋書・謝靈運傳》作『文籍』。

（三）徒所：《宋書・武三王傳》作『徙所』。

（四）園封：《宋書・武三王傳》作『國封』。

（五）還經曲阿丹：據《文選・廬陵王墓下作》注，作『追還至曲阿過丹陽』。

（六）朋友亦愛：《謝注》引陳語作：『友朋亦愛』。

（七）諸：『諸』字衍。

（八）垣塋：《文選》、《詩評》并作『園塋』。

（九）夙宿：《文選》、《詩評》并作『夙御』。

（十）淪化、末景：《文選》、《詩評》并作『淪化』、『末暮』。

（十一）嬋娟：《文選》、《詩評》并作『嬋媛』。

（十二）本段方回所引《文選》注文：與《文選》原注，頗多異文。《文選》注作『《魏志》曰：建安十五年冬，作銅雀臺，魏武遺令曰：吾伎人皆著銅爵臺，于臺上施六尺床繐帳，朝晡，上脯糒之屬，月朝十五日，輒向帳作伎，汝等時時登銅爵臺，望吾西陵墓田』。

（十三）同雀臺：據詩題，當作『銅雀臺』。

（十四）亦何篤：《文選》、《詩評》并作『一何篤』。

（十五）　予在：《詩評》作『予向在』。
（十六）　此別：《文選》、《詩評》并作『仳別』。
（十七）　迴塘：《文選》、《詩評》并作『迴塘』。
（十八）　淅江：原詩作『浙江』。
（十九）　迴眷：《文選》、《詩評》并作『迴眷』。
（二十）　感成貸：《文選》作『咸成貸』。
（二十一）　攀纏：《文選》作『版纏』；《詩評》作『扳纏』。
（二十二）　一世：《陶淵明集·扇上畫贊》作『一仕』。
（二十三）　別號：《文選》作『別名』。
（二十四）　彊中：《文選》、《詩評》并作『彊中』，按《全文·遊名山志》作『桂林頂，遠則嵊尖彊中』。
（二十五）　昔情斂：《文選》、《詩評》作『夕情斂』。
（二十六）　謝人事：《文選》、《詩評》并作『謝人徒』。
（二十七）　迴景：《文選》、《詩評》并作『迴景』。
（二十八）　馳佳音：《文選》、《詩評》并作『遲佳音』。
（二十九）　隔西川：原詩作『別西川』。
（三十）　仲春：《文選》謝惠連《西陵遇風獻康樂一首》作『春仲』。
（三十一）　言歸：《文選》、《詩評》并作『歸言』。

（三十二）亟迴：《文選》、《詩評》并作『亟迴』。

（三十三）亟迴：見前校。

（三十四）焱鬱：《文選》、《詩評》及《全文》并作『埃鬱』。考《玉篇》焱，炫也、熱也；《集韻》焱，一曰熱甚。

（三十五）出入：《宋書》作『出爲』。

（三十六）極窮棲：《文選》、《詩評》并作『藉窮棲』。

（三十七）汀洲淯：《文選》、《詩評》并作『汀洲浦』。

（三十八）蒼梧：《文選》、《詩評》并作『蒼山』。

（三十九）志不諧：《文選》、《詩評》并作『志不偕』。

（四十）興玩：《文選》作『興賦』。

（四十一）景元：《詩評》作『景平』。按：《詩評》是。

（四十二）與其君：《詩評》作『語其君』。

（四十三）雕繪：《詩評》作『雕績』。

（四十四）蒼山溪：《顧亭林詩集・贈顧推官》自注引《顏詩》作『蒼山蹊』。

（四十五）設用：《詩評》作『誤用』。

（四十六）常用之：《詩評》作『嘗用之』。

（四十七）潘陸顏謝：《宋書・謝靈運傳論》作『潘陸謝顏』。

（四十八）浮朱實：《文選》、《詩評》并作『沈朱實』。

（四十九）或在：《詩評》作『合在』。

（五十）於時：《詩品》作『約於時』。

（五十一）引領：《文選》作『引顧』。《文選》注引潘岳《河陽縣詩》作『引領』。《詩評》、《先詩》并作『引領』。

（五十二）鷹隼集：《文選》、《詩評》并作『鷹隼擊』。

（五十三）露晚節：《文選》、《詩評》并作『露晚晞』。

（五十四）涴素衣：《文選》、《詩評》并作『染素衣』。

文選顏鮑謝詩評補

卷三

文選顏鮑謝詩評補卷三

元 歙縣方 回 評

江安黃穉荃補

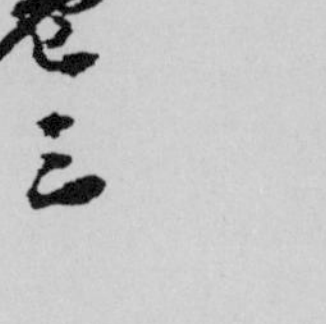

永初三年七月十六日之郡初發都一首

謝靈運

述職期闌暑、理棹變金素、秋岸澄夕陰、火旻團朝露、辛苦誰爲情、遊子值頹暮、愛似莊念昔、久敬曾存故、如何懷土心、持此謝遠度、李牧

愧長袖、郤克慙躧步、良时不見遺、醜狀不成惡、曰
余亦支離、依方早有慕(一)、生幸休明世、親蒙英達顧、
空班趙氏璧、徒乖魏王瓠、從來漸二紀、始得傍歸
路、將窮山海跡、永絕賞心晤、
虛谷曰、諸侯朝於天子曰述職、然漢書王吉傳云、居公
述職(二)於甘棠下而聽斷、則諸侯治事亦曰述職可也、
靈運本期夏末視(三)事、而秋乃成行也、見似人而喜、
出莊子、久友交而中絕、曾子以為三貴、出韓詩外

侍、靈運不勝去國之懷、故用此三事、以寓念嘗存故之意、不但悵然於廬陵蒙焉也、李牧臂短、為木杖接手、晉郤克跛而登階、齊婦人笑之、出戰國策、左傳、支離疏形骸不全、孔子遊方之內、方、常也、依常教也、並出莊子、靈運用此四事、自況於醜惡疾病之列、而亦不敢自畔於禮法、猶幸而不見棄於明時也、和此以趙璧為瑕、惠子以魏瓠為無用、靈運又用此二事、謂美達之歎、雖荷義焉出於外郡、徐傅見擠、殆非趙璧、而棄之魏都也、從來漸二紀、始乃傷歸路、想靈運去會稽始寧出仕踰二十年、今乃因作郡而過家也、時窮山海跡、永絕賞心晤、自是佳句、然其義專在發矣、發矣於靈運常（四）云、未能忘言於晤賞、而靈運終身亦有賞心永絕之嘆、此詩排比懇惻、達安謝子、渾然天成不如此、陶淵明剝落枝葉不如此、但當以三謝詩觀之、則靈運才高詞富、意憤心怛、亦未易涯涘也、稱登棗、李善注、沈約宋書曰、高祖永初三年五月崩、少帝即位、出靈運爲永嘉郡守、少帝猶未改元、故云永初、劉坦之曰、此詩雖以之郡而作、大槩爲與廬陵分異、而寓其感恩懷舊之情焉、史言徐羨之奏靈運構扇異同、非毁執政、出之、今觀是詩、略無怨恨非毁之意、讒者之言、未必皆實也、孫月峯曰、王元美言、太白多露語、子美多稚語、累語、置之陶謝間、便覺傖父面目、然謝公輩實無多拙語稚語、即此莊曾兩句

何等雅、何等拙、集詩題書月日、唐宋人多此式、六朝詩殊罕見、靈運此之書年月日、蓋以離京外出、感慨甚深、特書月日以為紀也、

過始寧墅一首

謝靈運

束髮懷耿介、逐物遂推遷、違志似如昨、二紀及茲年、緇磷謝清曠、疲薾慚貞堅、拙疾相倚薄、還得靜者便、剖符（竹）守滄海、枉帆過舊山、山行窮登磴（頓）、水

涉盡洄沿、巖峭嶺稠疊、洲縈渚連緜、白雲抱幽石、綠篠媚清漣、葺宇臨迴江、築觀基層巔、揮手告鄉曲、三載期歸旋、且為樹枌檟、無令孤願言、虛谷曰、詩有形有脈、以偶句敘事述景形也、不必偶而必立論、盡意脈也、古詩不必與後世律詩不同、要當以脈為主、如此詩剖竹守滄海以下五聯十句、皆得未為奇也、前八句不得則有味也矣、東髮懷耿介、當是年十五而涉世、倏復二紀則三十歲矣、沈約宋書靈運全侍內有山居賦、注候考、拙與疾相迫、而後得遂靜者之志、靜者、謝家多用、本於論語、仁者靜、但未詳用靜者二字誰爲祖耳、此所以述出處本末也、期約鄉曲、三載而歸、（五）俾樹枌檟、無孤始願、此繳句又自有味、靈運欲書滿郡考、後乃一年稱疾去職、蓋其家溫有餘、無資於祿、惜乎才高氣銳、積以不參時政爲恨、遂致顛沛云、始寧縣今上虞之南鄉、薾、奴結切、稱譽揚、晦聞先生曰、靜者、疑用老子、歸根曰靜義、孫月峯曰、皆是過字神情、前云違志、終云歸期、與陶公經曲阿一首絶相似、而陶象性有任運之心、謝康樂有遠物之志矣、此詩接前一首、亦是厄至情、二紀與前相接者亦佳、三載與二紀遙相應、方評、書滿郡考之書字、猶手民之譌、李注、三載黜陟幽明、故以為限、

富春渚一首

謝靈運

宵濟漁浦潭、旦及富春郭、定山緬雲霧、赤亭無淹薄、溯流觸驚急、臨圻阻參錯、亮乏伯昏分、險過呂梁壑、游至宜便習、兼山貴止託、平生協幽期、淪躓困微弱、久露干祿請、始果遠遊諾、宿心漸申寫、萬事俱零落、懷抱既昭曠、外物徒龍蠖、

虞答曰、靈運歸會稽始寧墅、從今漁浦泝富陽

赴永嘉也、定山赤亭令如故、伯昏呂梁二事以言浙江
之險、坎之水游至習乎坎險也、艮之兼山、貴乎止者也、久
靈地干祿詩、始果遠遊謠、謂久有補郡之請、今得
永嘉、而遂遠遊之願也、宿心漸申寫、即所謂幽期
者無可乖矣、茲事俱靈落一句、怨辭也、志欲歷
陵有所為、陸未必曾有宰相之許、而襟期不淺、既為徐
傅所擠、則從前規度之事、俱無復望也、其怨深
矣、龍蠖之屈以求伸、此謂心事明白、如爵祿外祿種

（六）

其可有可無也、細味之、靈運實未能忘情於世、故
此作以詩法論之、若無平生協幽期以下八句議
論、前十句鋪叙而已、

釋荃業、吳伯其曰、人知靈運用易語造詩詞、不知靈
運用易義立詩格、如此詩、借未濟富春以前、喻
冒險而行、須重坎之義、曰洊至宜便習、既濟富春
以後、喻於止知止、又須重艮之義、曰兼山貴止託、此最
善於易者、朱蘭坡曰、定山緬雲霧、赤亭無淹薄、

善注引吳郡記、錢唐西南五十里、有定山、橫出江中、赤亭、定山東十餘里、案方輿紀要、定山一名獅子山、錢唐縣東南四十里、洪氏圖志同、水經注、縣東定已諸山、西臨浙江、是已、此注西南、疑誤、紀要引南征記、赤山埠、西近富陽、南出江灘、有六和塔、殆即赤亭也、又浙江、於蕭山縣西、曰定山江、蓋以山得名、相距二十許里有漁浦、對岸爲錢唐之六和塔、詩上聯所云、宵濟漁浦潭者也、

七里瀨一首

謝靈運

羇心積秋晨、晨積展遊眺、孤客傷逝湍、(七)旅逢(八)苦奔峭、石淺水潺湲、日落山照曜、荒林紛沃若、哀禽相叫嘯、遭物悼遷斥、存期得要妙、既秉上皇心、豈屑末代誚、目覩嚴子瀨、想屬任公釣、誰謂古今殊、異世可同調、

盧云、文選注、桐廬縣有七里瀨、瀨下數里、至嚴

陵謝，乃作郡七年，往來屢矣，今人皆混而言之，任公之釣，志其大而不志其小，故所謂於大，乃謂此序言，非所以推嚴子，遷於此，推稱之義，非謂遷謫也。

稽查案，元史方回無傳，癸辛雜識及元詩選載有方氏事蹟，然雜識所多惡詆，大抵方氏以諛似道得朝除，及賈之貶，乃上十可斬之書，以此得知嚴州，即所謂作郡七年是也，方氏出處，要為清議所不許，然其述作之富，桐江集、續古今考、瀛奎律髓諸書，亦為世所重，蓋元代自范樗（梈）虞集評衡而外、學問之士、實太常之方氏固有其文學史上之位置也、吳伯其曰、期、時也、時無一息不逝、心無一時不存、要於既得、此心不為物遷、則居然上皇之心矣、既秉上皇之心、則末世又何足攖哉、嵩熙卿、陳胤倩曰、蒙林蒙字、哀猿哀字、覺觸自然非悲楚、沃若有色、呼當有聲、加縈字、則稠疊千林也、加相字、則啁晰萬族也、嘗讀上林賦、見其中林木鳥獸、森森踏踏、紛藉花舞、呼名化工、此之句能得之、集、古肅與奔通、（肅）故奇峭注語奔落也、

登江中孤嶼一首

謝靈運

江南倦歷覽、江北曠周旋、懷新道轉迥、尋異景不延、亂流趨正絶、孤嶼媚中川、雲日相輝映、空水共澄鮮、表靈物莫賞、蘊真誰爲傳、想像崑山姿、緬邈區中緣、始信安期術、得盡養生年、

虛谷曰、此今永嘉郡江心寺無疑、予三十年前、甲寅乙卯寓郡齋往還、見徐靈暉流來天際水、截斷世間

歷詩牌、不見此詩、至今永嘉稱爲中川者、因此詩也、孤嶼媚中川、媚字、句中眼也、懷新道轉迴、此句尤佳、心有不純、去道愈遠、但恐靈運道其所道耳、尋異景不延、異字可疑、雲日空水之聯亦佳、表（九）聯蘊真一聯似乎深奧、然從此說、向神仙上去、則所謂靈與真者、仙也、故於孤嶼之上、想夫崑崙之神、而有信於安期生之術、安期瑯琊阜鄉人、秦始皇東遊與語三日三夜者、西王母者、崑崙之神、稱荃案、吳伯其曰、非先游江南、方游江北、正先游江北、方游江南、既倦、乃回想昔游江北、江北山水與我周旋久矣、今久不游、若朋友之久曠然、(十)於此又欲追悼游江北、乃未及江北、適於江中亂流正絕之處、得此孤嶼、因知江南多少曲折、乃用南北二字、夾出一中字也、沈歸愚曰、懷新道轉迥、謂貪尋新景、忘其道之遠也、尋異景不延、謂往前探奇、窮其妙景不能稍遷延也、深於尋幽者知之、 案寰宇記、孤嶼在溫州南四里永嘉江中、渚長三百丈、闊七十字、有二章、中川、川中也、靈運詩、絕無比之初日芙蓉、湯惠休比之芙蓉出水、殺陶比之東海揚帆、風日流麗、均只讚其優、而不摘其劣、唯昭明與湘東王書、謂學謝則不得其精華、但得其冗長、且謂謝時有不拘、是其糟粕也、鍾仲偉詩品、雖謂靈運興多才高而學博、亦云以繁蕪為累、二人或愛而知其所惡、其持評實平允矣、靈運詩實多累句、錢塘汪師韓摘謝詩累句、聯綴字牘、雖愛之者、不能為之諱、然此詩及登池上樓詩、則皆出水芙蓉也、

初去郡一首

謝靈運

彭薛裁知恥、貢公未遺榮、(十一)或可優貪競、豈足稱達生、伊予秉微尚、拙訥謝浮名、廬園當棲巖、卑位代躬耕、顧已雖自許、心迹猶未并、無庸妨周任、有疾像長卿、畢娶類尚子、薄遊似邴生、恭承古人意、促裝返柴荆、(十二)牽絲及元興、解龜在景平、負心二十載、(十三)於今廢將迎、理棹遄還期、遵渚騖修坰、遡期終水

涉、登嶺始山行、野曠沙岸淨、天高秋月明、憩石挹飛泉、攀林搴落英、戰勝臞者肥、鑑止流歸停、即是羲唐化、獲我擊壤情、

虛谷曰、本紀及元興、初仕、解龜在景平、謂去郡、晉安帝初改隆安、至五年而改元元興、是年二月、桓玄入京師、二年十二月、玄篡晉、三年二月、劉裕起兵、四月玄伏誅、明年改元義熙、三月安帝還京師、自此盡十四年、恭帝改元元熙、盡一年、明年六月劉裕篡晉、改元熙二年為永

（十四）

初元年、盡三年、少帝改元景平、明年文帝入、改景平二
年為元嘉元年、自元興之元、至景平之元、凡二十三年、
靈運初以襲康樂公、除散騎常侍、不就、此韋編之始
也、得非桓玄未敗反之先乎、其為瑯琊王大司馬參軍、此則
在反正之後無疑、中間遷太子左衛率、沈約宋書、
細攷、永初三年秋、出為永嘉太守、景平元年秋、謝病
去職、作此詩、以彭宣薛廣德貢禹為不足、以周任司
馬長卿尚子平邴曼容自擬、刊本、妨周任、决非妨字、非

(十五)

傚字即方字、傚像類似、四字一義故也、或同予、野曠沙岸淨、天高秋月明、以華園之良是、遡溪終水涉、登嶺始山行、點之則何義耶、曰此於永嘉去郡如畫也、永嘉城下泝潮江過青田縣抵處州、始舍舟登鴻公嶺、出永康東陽、非嘗至其地不知也、文選注、戰勝、（明貴不）臞此肥之義、止監、明謂不如默、然所注甚佳、戰勝而肥、子夏事、出韓子、莫監流水而監於止水、出文中並子、擊壤事、出莊子、論衡、周處風土記、（十六）

釋荃案、臨川先生曰、裁與纔通、史記張儀傳、雖大男子裁如嬰兒、漢書王貢傳、裁日閱數人、皆以裁為纔也、漢書、貢禹遷光祿大夫、上書乞骸骨歸鄉里、天子報曰、亡懷土、何必思故鄉、後以禹為御史大夫、列於三公、所謂未遺榮也、莊子曰、達生之情者、不務生之所以無為、又曰世之人以為養形足以存生、而養形果不足以存生、生者對形言之、周禮國功曰功、民功曰庸、國語、無功庸者、不敢居高位、無庸、猶無功也、先生此說、誠足以補李注之未周、

吳伯其曰、負心心字、即上

（十七）

心跡猶未并心字、孰為負之、曰跡也、迹即將迎、本與所尚相悖背、固負此心也、理棹以下、去郡之路逍遙、與前初發都云云之辛苦、自不同也、真如雕以戰勝而肥、流以止鑒而停、即是羲唐化、迹與心并、獲我擊壤情、心與迹并、可稱達生云爾、又止監、謝康樂集作鑑止、

初發石首城一首

謝靈運

白珪尚可磨、斯言易為緇、雖抱中孚文、猶勞貝錦詩、寸

心若不亮、徽命察如絲、日月垂光景、成貸遂兼茲、出宿
薄京畿、晨裝摶曾颸（十八）、重經平生別、再與朋知辭、故山日已
遠、風波豈還時、苕苕萬里帆、茫茫終何之、遊當羅浮
行、息必廬霍期、越海陵三山、遊湘歷九嶷、欽聖若旦暮、
懷賢亦悽其、皎皎明發心、不為歲寒期（十九）、
盧谷曰、中孚貝錦之聯甚佳、徽命察如絲、察字尤佳、老
子曰、（二十）夫惟道、善貸且善成、貸施也、靈運遂感文帝之宥
已、故以日月喻之、舊說會稽之浮山、合於廣東之羅山、廬山

在今江州、霍山灊皖是在今舒州、三山海中、九嶷湘中、靈運方嘗治郡、畧不及理人宣化事、專言遊山、意太汗漫無歸宿、萬世之後、一遇大靈、知其解者、是旦暮遇之、出莊子、晉人老莊之學、初用為清談之資、而詩亦必出於是、一時之敝也、

稱華棠、宋書、靈運陳疾東歸、會稽太首孟顗乃表其異志、靈運馳往京都、詣闕上表、太祖知其見誣、不罪也、不欲使東歸、以為臨川內史、此詩蓋發石首赴臨

川之作、此孟永初三年之郡初發都後、重不得意之作、中字貝錦二句、謂己處季陰立誠篤志、而遭讒毀、雖感激文帝之不罪、然去臨川非靈運志也、羅浮三山、在臨川東與南、廬霍在臨川北、九山疑在臨川西、故作為汗漫肆志之言、以洩其不平之氣、離騷遠遊（閬風玄圃）之意也、欽聖懷賢二句、離騷國無人、莫我知之意也、不為歲寒期、（二十一）又何必懷乎故都也、

道路憶山中一首

謝靈運

采菱調易急、江南歌不緩、楚人心昔絶、越客腸今斷、斷絶雖殊念、俱爲歸慮款、存鄉爾思積、憶山我憤懣、追尋（二十二）棲息時、偃臥任縱誕、得性非外求、自己爲誰纂、不怨秋夕長、常苦夏日短、（二十三）濯流激浮湍、息陰倚密竿、懷故叵新歡、含悲忘春暖、悽悽明月吹、惻惻廣陵散、殷勤訴危柱、慷慨命促管、

虛谷曰、楚辭有云、涉江采菱、古樂府有江南辭、靈運

时必有此二曲、其辭急而怨、故引之以見故山之思、有感於此辭也、縱誕之說非是、得性非外求、謂樂在内是也、吹萬不同、而使其自已、已謂止、言各得其性而止、出莊子、靈運意謂山水之樂、適我之性、而自足自止、無人能斷（繼）我者、纂訓繼、則亦深僻矣、明月吹、言笛、廣陵散、言琴、靈運常是作此音以寫其怨、危柱促管、謂琴笛之音自緩而急、悲怨至此極也、詩尾應首、然有哀以思之意、未為佳篇、擇屋集、劉坦之吳伯其兩氏釋此章詩極佳、劉氏曰、此因往臨川、於道路憶始寧山中而作、託言同楚人歌調而起懷鄉戀懷矣、蓋以今昔雖殊、而情不異也、且又追想舊日之縱誕、乃得於本性所好而非纂從他人而然、所以於秋之夕、夏之晝、惟恐其不永、而濯湍流、息茂陰、自不一而足、今乃何為貪祿、而勞於牧守、徒懷舊遊而莫為新歡、含悲思而忘春陽之芳景哉、所賴明月廣陵二曲、音節凄惻、可以寫吾堙鬱之懷、故既訴於急絃以自訴、而又使人促管相間、以激其哀聲也、吳氏曰凡天下之悲人、皆天下之有情人也、天下惟有情人善於攪悲、亦唯有情人善於遣悲、故有以歡遣悲、更有以悲遣悲者、康樂於聞歌、斷腸之後、更起綠竹、曰明月吹、曰廣陵散、殺等揉蓋江南、不啻倍蓰、故曰悽之、曰惻之、不但曰急、曰不緩、徒為震耳之音也、此又至情之人以悲遣悲也、

入彭蠡湖口一首

謝靈運

客遊倦水宿、風潮難具論、洲島驟迴合、圻岸屢崩奔、乘月聽哀狖、浥露馥芳（二十四）蓀、春晚綠野秀、巖高白雲屯、千念集日月（二十五）、萬感盈朝昏、攀崖照石鏡、牽葉入松門、三江事多往、九派理空存（二十六）、靈物吝珍怪、異人秘精魂、金膏滅明光、水碧綴流溫、徒作千里曲、絃絕念彌敦、

虛谷曰、彭蠡湖口、今江西（二十七）湖口也、石鏡（二十八）松門、文選注、張僧

鑒潯陽記、顧野王輿地志、多指其地、惟三江中多位、九派理無存、此二句也、知三江九江、自晉宋時已不明矣、中江南江北江、先儒所辨、有尚書索玄在、令九派於潯陽、郭璞江賦云爾、(二十九)後人亦不能定九派之跡、劉子澄淳祐江州圖經詳註著之、今已別書訂證、此則靈運之所不詳、後人姑存精本也、靈物異人以下、又歸宿於仙道、千里曲、想當時有此琴操、徒作此曲、而仙靈不接、所以弦絕而心徒悲也、大抵以悦懌為宗要、(三十)不為近人情、

謂中亦別爲十分道理也、

穆堂集、臨閒先生釋此詩、引鄭玄禹貢注云、三江分於彭蠡、爲三孔、東入海、漢志會稽郡毗陵縣北江在北、東入海、丹陽郡蕪湖縣中江出西南、東至陽羨入海、會稽郡吳縣南江在南、東入海、所謂三江也、陸德明經典釋文引潯陽記云、九江、一曰烏白江、二曰蚌江、三曰烏江、四曰嘉靡江、五曰畎江、六曰源江、七曰廩江、八曰提江、九曰箘江、又引太康地理記云、劉歆曰、湖漢九水、入彭蠡澤、九派以九水也、吳伯其曰、舍舟而崖、遠入松門、而望三江九派應歷矣、靈物吝珍怪而不出、異人秘精魂而不見、金膏之明光已滅、水碧之流溫久輟、所謂天地閉賢人隱之時也、徒作思歸之曲、轉令憂念益甚耳、

入華子岡是麻源第三谷一首

謝靈運

南州實炎德、桂樹陵寒山、銅陵映碧澗、（三十一）石磴瀉紅泉、

既枉隱淪客、亦棲肥遁賢、（三十二）險逕無測度、天路非

術阡、遂登羣峯首、邈若升雲煙、羽人絕彷彿、丹邱徒空筌、圖牒復磨滅、碑版誰聞傳、莫辯百世後、安知千載前、且申獨往意、乘月弄潺湲、恒充俄頃用、豈為古今然、

（三十三）

盧咨曰、華子期甪里弟子、見列仙傳、故老相傳翔集此頂、故稱華子崗、神仙茫昧、前後莫測、且申獨往意、夫獨往者、聊以自充俄頃之賞、非為尊古卑今而然也、

稱華集、李善注、謝靈運山居圖曰、華子崗、麻山第三谷、故老相傳、華子期者、祿里弟子、翔集此頂、故華子爲稱也、許巽行文選筆記題下注、謝靈運山居圖、六臣本作謝靈運遊名山志、（稱華集以遊名山志爲是）甪里、作祿里、（稱集善注亦作祿里）集字本作角、詩麟之角、誰謂雀無角、皆讀角爲盧谷反、廣韵角注云、角里先生、漢時四皓名、荀悅漢記作祿里、角與祿音同、後人書以角爲毛角字、别造甪字、古所

無也、牌版二字首見於此、

北使洛一首

顏延年

改服飭徒旅、首路跼險艱、振楫發吳洲、秣馬陵楚山、塗出梁宋郊、道由周鄭間、前登陽城路、日夕望三川、在昔輟期運、經始闊聖賢、伊瀔絕津濟、臺館無尺椽、宮陛多巢穴、城闕生雲煙、王猷升八表、嗟行方暮年、陰風振涼野、飛雲瞀窮天、臨塗

未及引、罷語悵無言、隱憫徒御悲、威遲良馬煩、遊役去芳時、歸來屢徂諐、(三十四)蓬心既已矣、飛薄殊亦然、

虛谷曰、文選注、沈約宋書曰、延之爲豫章世子中軍行參軍、義熙十二年、高祖北伐、有宋公之授、府遣一使慶殊命、參起居、延之至洛陽、道中作詩一首、文辭藻義、爲謝晦傅亮所賞、集曰、時年三十二、(三十五)予謂此詩、(三十六)人所可及、所以書此詩者有二、東晉五國一百四年、

義熙十二年、恰一百年足也、後四年而劉裕禪、洛陽自惠帝朝喪亂、迄於懷愍蒙塵、百餘年丘墟、延之三川之詠、謂伊瀔絕津濟、臺館無尺椽、野存已以考時論事也、義熙十二年延之年三十二、（三十七）元初三年出為始安太守、當年三十八、元嘉三年入為中書侍郎、當年四十二、元嘉十年有湖北田收詩、當年四十九、是年謝靈運誅、元嘉二十六年有京口蒜山後湖詩、時年六十六矣、孝武登祚、為金紫光祿大夫領湘東王師、則年七十餘矣、再存此以考年譜人也、又因而譜之、陶淵明元嘉四年卒、年六十三、延之爲劉柳後軍功曹、在尋陽與淵明情款、後爲始安郡、經過淵明、每往必酣飲致醉、臨去留錢二萬與淵明、淵明悉送酒家、觀此乃知延之詩雖不及靈運、其胸次則過之、靈運常入廬山、不爲遠法師所與、亦不聞其見交於淵明、延之獨與淵明交好甚深、以年計之、永初三年淵明年五十八矣、延之二十餘、亦可謂忘

（三十八）

年之交也、延之後作靖節徵士誄書曰、有晉徵士、雖出於衆志、而延之實秉易名之筆、其知淵明蓋深也、違衆速尤、迕風先蹶、身才非實、榮聲有歇、延之誄書淵明所誨如此、又書淵明、獨正者危、至方則礙、謂其有以淵明也多矣、故曰詩雖不及靈運、其胸次則過之、

（三十九）

稱登集、顏謝雖齊名江左、然生平蹤跡~~雅有不甚相同~~異同之處、可得而言、

無晉代浮虛自潘陸而後、江左百餘年間、以玄言掩麗藻、及於

劉宋、乃有延之靈運、龍章鳳采、騰聲鬱實、於永元、（四十）元嘉間、此二人
聲名之相同也、高祖北伐、（四十一）授宋公於洛陽、延之奉使慶
殊命於洛陽、作此詩、靈運亦（四）奉使於彭城、作撰征
賦、此亦二人之相同也、（二）延之與廬陵王義眞厚、為徐羨之傅亮所擯忌、
出為始安太守、靈運亦與廬陵王情款甚密、為徐
羨所惡、出為永嘉太守、但於元嘉三年徐傅誅後
召還、此二人之相同也（三）、靈運自以名流宜參時政、為
永嘉守、既不得意、召還乃秘書監、然文帝祇以文義

相援、稱疾免官、還始寧、復為臨川內史、益怨恚放縱、延之出為始安太守、作祭屈原文以致意、後召還為太子中庶子、時劉湛殷景仁專當要任、意不平、作五君詠以寫其怨憤、以言獲罪、屏居里巷、不豫人間者七載、此又二人遭際之相同也、此其之外、更多逕庭、靈運出身華胄、襲封國公、而其末節、身膺顯戮、延之少孤貧、三十猶未婚、而享壽七十三之高年、令終於秘書監光祿勳太常、此一異也、靈運性奢豪、車服衣裳鮮麗衣物多改舊制、修營別業、鑿山浚湖、僮奴既眾、門生數百、伐木開徑、致王琇驚為山賊、延之居負郭陋巷、乃屢罄匱、為王球所贍卹、延之訟田事、是一證聞、然為時時論、固謂居身清約、不營財利、布衣蔬食、獨酌郊野、當其為適、旁若無人、子竣既貴、起宅、延之謂曰、善為之、無令後人笑汝拙、此二異也、靈運與惠連何長瑜荀雍羊璿之等以文章賞會、荀羊輩所聞、惠連長瑜皆以輕薄書於史、延之能友淵明、且情好甚洽、接淵明之款識、以昔人卷舒相勉、而靈運之臨川、不聞往訪淵明、以交遊筆翰之不同、三異也、靈運恃才凌物、率性而行、不鄙人情、雖絕唱高蹤、止於留連山水、及抒情之作、延之較能知雄守雌、庭誥一篇、於潔身繕性、居己處人之道、言之甚詳、猶再三致意於遠識、五君詠又以嗣宗識密洞鑒自況、其對元凶之言、能使己身脫於虎吻、正見其遠識之處、方氏謂延之胸次過於靈運、非胸次之過也

蓋識鑒之明也、此四異也、以茲四異、故顔謝齊名
之華茂陸齊、而結局之吉凶各異、以古為鑑、令人深省、
玉於謝朓卒時年若干、延之誄文未載、爲沈諸以為六
十三、吳摯父定為五十一、梁任公定為五十六、未知孰
是也、

還至梁城作一首

顔延年

眇默軌路長、憔悴征戍勤、昔邁先祖師、今來後歸軍、

振策睠東路、傾側不及羣、息徒顧將夕、極望梁陳
分、故國多喬木、空城凝寒雲、丘隴塡郛郭、銘字滅（四十二）
無文、木石扃幽闥、（四十三）禾苗迸高墳、惟彼雍門子、吁嗟
孟嘗君、愚賤同湮滅、尊貴誰獨聞、曷爲久遊客、
憂念坐自殷、

虛谷曰、此詩十韻、故國多喬木、空城凝寒雲、丘隴塡
郛郭、銘誌滅無文、木石扃幽闥、（四十四）禾苗迸高墳、惟彼
雍門子、吁嗟孟嘗君、愚賤同湮滅、尊貴誰獨聞、亦

通論也、但不可及耳、
釋奠、讌詩當中以此二首爲最、極有歷史價值、（四十五）自河洛
陷虜、典午東渡、故國故都、誰復存及、延之前章、感嘆
於城闕宮陵、此章致慨乎喬木丘隴、此三百年中亂
離之遺響也、後來老杜國破山河在、城春艸木深之
句、當祖出於此、
始安郡（四十六）還都與張湘州登巴陵城樓作一首
顏延年

江潭分楚望、衡巫尊（四十七）南服、三湘淪洞庭、七澤藹荆牧、經途延舊軌、登闉訪川陸、水國周地險、河山信重複、卻倚雲夢林、前瞻京臺囿、清（四十八）輝[芬]霽岳陽、曾暉薄瀾澳、悽矣自遠風、傷（四十九）哉千里目、萬古陳往還、百代勞起伏、存沒竟何人、炯介在明淑、請從上世人、歸來藝桑竹、

虛谷曰此詩十韻、江潭分楚望、荆巫奠南服、三湘淪洞庭、七澤藹荆牧、起句二韻、大概言地勢、郊外曰牧、言

七澤之野也、末韵請從上世人、歸來藝桑竹、有感於存沒竟何人、炯介在明淑而云、初不明言炯介明淑而進而退、而藝桑竹之句則意在退也、

緣卷案、宋書地理志、巴陵太守、文帝元嘉十六年分長沙之巴陵、蒲圻、下雋、江夏之沙陽四縣立、屬湘州、張湘州、張劭也、

還都道中作一首

鮑明遠

昨夜宿南陵、今旦入蘆洲、客行惜日月、崩波不可留、侵星赴早路、畢景逐前儔、鱗鱗夕雲起、獵獵曉風遒、騰沙鬱黃霧、翻浪揚白鷗、登艫眺淮甸、掩泣望荊流、絶目盡平原、時見遠煙浮、倏悲坐還合、俄思甚兼秋、未嘗違戶庭、安能千里遊、誰令乏古節、貽此越鄉憂、

虛谷曰、此詩尾句絶佳、守古人之節、不輕出仕、則焉得有越鄉之憂矣、前段皆記路晚行暮宿之意、

詩峯集、歲行惜日月、奔崩波不可留、注言、歲行既惜日月、並奔崩波之上、不可稍留、崩波、即奔波、歲行之勞也、張雲璈以爲注似未的、引黃士珣云、崩奔不可留、似即以借喻日月、言日月之去、如波之崩、不可挽留、上文昨夜宿旦、下文優星畢景、夕雲曉風、正極形其日月之速、如崩波之可惜耳、

（五十）

之宣城出新林浦向版橋一首

謝玄暉

江路西南永、歸流東北騖、天際識歸舟、雲中辨江樹、旅思倦搖搖、孤遊昔已屢、既懽懷祿情、復協滄洲趣、囂塵自茲隔、賞心於此遇、雖無玄豹姿、終隱南山霧、

虛谷曰、天際識歸舟、雲中辨江樹、古今絕唱、江路西南永、今大江上水指西南行、而南為多、歸流東北騖、今下水即東北行、而北為多、之宣城、即上水、玄暉家於浙、則東北乃其歸路、上水用東北風、下水用西南風、此六句又似

指定江流之勢、古今不可易也、得郡而兼得山水之樂、於永嘉臨川則靈運、於宣城則玄暉、而玄暉至今專謝宣城之名云、板橋名、今猶存、晉宋時乃浮橋、

棣荃案、梁章鉅引林先生曰、南史謝脁本傳、未載守宣城一節、惟齊書有之、觀昭明所選郡内高齋、在郡卧病及出新林浦、遊敬亭諸篇、皆宣城作、齊梁代遠、必無差訛、

敬亭山詩一首

謝玄暉

茲山亘百里、合沓與雲齊、隱淪既已託、（五十一）靈異居然棲、上干蔽白日、下屬帶迴溪、交藤荒且蔓、樛枝聳復（五十二）低、獨鶴方朝唳、飢鼯此夜啼、渫雲已漫漫、多雨亦淒淒、我行雖紆組、兼得尋幽蹊、緣源殊未極、歸逕窅如迷、要欲追奇趣、即此陵丹梯、皇恩竟已矣、茲理庶無睽、

虚谷曰、此詩妙在何處、亦本無妙處、而玄暉詩名與敬亭

山千古不朽何也、學者試下一轉語、雜舉事、殊用岸謂、此詩神仙、峰溪、草木、鳥獸、雲雨、布置一一有次第、復是層得所祖、來歷說殊不費甚、玄暉開層得規模、故是千古定論、故不僅此一詩、遊東田及銅雀臺、和徐都曹、和王主簿怨情作、更備然律也、此詩本無婦袤、識此方民之說、然以出自玄暉之手、此來擲麻姑、自成丹粒、至於山水之爲人而情、蓋無得然者、遂有幸不幸耳、

休沐重還道中一首

謝玄暉

薄遊弟從告、思閒願羈歸、還邛歌賦似、休汝車騎非、灞池不可別、伊川難重違、汀葭稍靡々、江菼復依々、田鵠遠相叫、沙鴇忽爭飛、雲端楚山見、林表吳岫微、試與征徒望、鄉淚盡沾衣、賴以盈罇酌、含景望芳菲、問我勞何事、霑沐仰清徽、志狹輕軒冕、恩甚戀重闈、歲華春有酒、初服偃郊扉、

（五十三）

虛谷曰、薄遊於朝、本孫綽語、謂立朝僅許給假、故

曰暮遊第從告、澤書、五日乃一休沐休、者假也、沐者洗也、顏罷歸而僅賜休沐也、司馬相如還臨邛、諭蜀而歸也、(五十四)嘗奏賦漢武、故玄暉以為似之、袁紹以濮陽令歸汝南、不敢以輿服令許子將見、單車歸家、玄暉無此車徒、故曰非也、此二句極佳、長安之灞池、洛陽之伊川、借喻京師、以言戀闕之意、楚山吳岫二句亦佳、玄暉家吳中、(五十五)常有詩曰、再遊館娃宮是也、末句謂志輕軒冕、而君恩之至則又有禁闈之戀、重闈謂宮省也、最後句、終期

退閑、其思緩而不迫、尤有味也、
釋荃棄、陳侍山日、灞池二句、初讀猝不可解、及觀銑注、
休沐重還、自宣城還丹陽語、乃知以灞池伊川比丹陽
也、然不如晚登三山還望京邑詩首句灞涘河陽之醒
豁、

晚登三山還望京邑一首

謝玄暉

灞涘望長安、河陽視京縣、白日麗飛甍、參差皆可

見餘霞散成綺、澄江靜如練（五十六）、喧鳥覆春洲、雜英滿芳甸、去矣方滞淫、懷哉罷歡宴、佳期悵何許（五十七）、淚下如流霰、有情知望鄉、誰能鬒不變、

虛谷曰、起句以長安河陽擬金陵、用王粲潘岳二詩極佳、李白云、解道澄江靜如練、令人却憶謝玄暉、此一聯尤佳也、三山今猶如故、回望建康甚近、想六朝時甚盛也、味末句、其悵悵於京邑如此、去國望鄉其情一也、有情無不知望鄉之悲、而況去國乎、

釋李集、元和郡縣志、三山在上元縣西南五十里、太平寰宇記引輿地志、云其山積石、濱於大江、有三峯南北接、故曰三山、

謝玄暉晚登三山詩、澄江靜如練、善本作淨、六臣本作靜、謝茂秦詩、澄靜之字意重、改之非也、五臣縝作鬒、向注、詩云鬒髮如雲、固當以鬒為是、靈運池塘生春草、玄暉澄江淨如練、皆為千古絶唱、其妙處蓋在自然天成、不假人工雕琢、

京路夜發一首

謝玄暉

擾擾整夜裝、肅肅戒徂兩、曉星正寥落、晨光復泱漭、（五十八）猶霑餘露團、稍見朝霞上、故鄉邈已夐、山川脩且廣、文奏方盈前、懷人去心賞、敕躬每跼蹐、瞻恩唯震蕩、行矣倦路長、無由稅歸鞅、

虛谷曰、此乃早行詩、兩、車也、徂兩二字甚佳、稱荃業、此蓋辭京赴宣城之作、故有文奏盈前、故鄉邈夐之嘆、曉（寫）拂曉行旅、情景絕佳、

會吟行

謝靈運

六引緩清唱、三調佇繁音、列筵皆靜寂、咸共聆會吟、會吟自有初、請從文命敷、敷績壺冀始、刊木至江汜、列宿炳天文、負海橫地理、連峰競千仞、背流各百里、滮池溉粳稻、輕雲暖松杞、兩京愧佳麗、三都豈能似、層臺指中天、高墉積崇雉、飛燕躍廣途、鷁首戲清沚、肆呈窈窕容、路曜便娟子、自來彌年代、

（五十九）

賢達不可紀、句踐善廢興、越叟識行止、范蠡出江湖、
梅福入城市、東方就旅逸、梁鴻去桑梓、牽綴書土風、
辭殫意未已、
震若曰、文選不注会吟行之義、詳考乃是倣陸機吳趨
行、崔豹古今注曰、吳趨曲、吳人以歌其地也、今日会吟非
吳会之会、即会稽之會、今兩浙、秦之会稽郡、漢之
吳郡也、陸機之作曰、楚妃且莫嘆、齊娥且莫謳、四座
並清聽、聽我歌吳趨、吳趨自有始、請從閶門起、以下

十四韻、皆述吳中風土人物、靈運之作、起句三韻同調、以下少一韻可、鋪叙誇張別無高意、皆不可謂之佳作、六引三調、文選注亦不詳明、所引吳趙六人、所謂越處女、出越絕書、子胥戰於檇李、闔閭軍敗、欲復其仇、師事越公、録其術、又非范蠡其人、他書未常(六十)見、東方朔就旅逸、出劉向列仙傳、謂宣帝時棄郎去、避亂變政、置幘(六十一)官舍、風飄之去、後見會稽賣藥、漢書無此事、餘四人史可考、稱黄集、晦聞先生曰、此篇當是康樂稱疾去職、移籍會稽時作、故篇中所引范蠡楊福諸人、皆有深意、何義門讀書記曰、會、會稽也、此詩當考地理、今所作止於越、似吳會所分之會稽、然詩中楊福梁鴻、則又吳地事、張雲璈曰、後漢順紀、永建四年、分會稽為吳郡、按楊福梁鴻在明帝世、在此會稽、正吳會未分之會稽、史記夏本紀云、或言禹會諸侯於江南、計功而崩、因葬焉、命曰會稽、會稽者、會計也、然禹至會稽之說、起於春秋後之雜記、不可信、論衡書虛茆已辨之云、堯典、舜巡狩、至四岳四方之中、諸侯來會、禹王如舜、事無所改、巡狩本不至會稽、安得會計於此、識會稽為會計、禹到南方、何所會計、出巡即會計、是四方之山皆會稽也、（六十二）獨於會稽立其巡狩考正法度、禹時吳為裸國、斷髮文身、考之無用、會稽此王充（六十三）之駁甚精、虞夏之世、會稽並非中國、故禹貢不載、而揚域止於震澤也、

東武吟

鮑明遠

主人且勿喧、賤子歌一言、僕本寒鄉士、出身蒙漢恩、
始隨張校尉、占募到河源、後逐李輕車、追虜窮塞垣、
密塗亘萬里、寧歲猶七奔、肌力盡鞍甲、心思歷涼溫、
將軍既下世、部曲亦罕存、時事一朝異、孤績誰復論、少
壯辭家去、窮老還入門、腰鐮刈葵藿、倚杖牧雞豚、
昔如韝上鷹、今似檻中猿、徒結千載恨、空負百年怨、棄
席思君幄、疲馬戀君軒、願垂晉主惠、不愧田子魂、
虛谷曰、此早從軍而晚無成者、晉文公捐籩豆、棄席

薦、（六十四）曾犯夜哭、出韓子、田子方贖老馬事、出韓詩外傳、
然垂晉主之惠、納能不愧於田子之恩也（神矣、）而度世之不顧棄（六十五）
席老馬共累矣、東武地本太山、當吟齊之土風、今照用
題不拘、恐謂東武之人應募出行、詩有筆力、以韓名下千
似山、衮衮轟轟不可禦、李太白詩甚似之
稱羣集、晦聞先生曰、水經注東武縣因崗為城、城周三十里、漢高帝
六年封郭蒙為侯國、地東跨琅琊、濱巨海、北抵高密、接壤
莒萊、東即今山東府青州諸城縣治、輿地記稱其地英雄

豪傑之士，甲於京東，文物彬彬，而豪悍之習自若，則其矜尚功名，失志而悲，皆豪悍之習使然，亦京東之土風也。占募，五臣本作召募，收鷄豚，五臣本作牧鷄豚，趙紹煐曰，朱子云，腰鐮刈葵藿，倚杖牧鷄肫，分明隱遯不肯甘心之意，王安石傷杜醇詩，藜杖牧鷄豚，可本此，作收乃傳寫誤。怨叶烏云切，音熅，陳琳神龜賦云，參千鐙而不賈兮，豈十朋之所云，通生死以為量兮，夫何人之足怨，胡紹煐曰，案魂，云也，謂不愧田子所云也，古云魂通，中山經，其葉魂魂，魂魂猶云云也、春秋正義引孝經曰、魂云也、皆可證、方植之曰、此篇辛思恩舊之詩、小雅杕杜、先生篇旋役之什、所以爲忠厚也、後世恩舊、不能念此、故詩人詠之、亦所以爲諷諫、此篇原本古義、用張騫、李蔡、比詩人南仲方叔耳、杜公出塞詩從此出、

（六十六）

出自薊北門行

鮑明遠

羽檄起邊亭、烽火入咸陽、徵騎屯廣武、分兵救朔方、

嚴秋筋竿勁、虜陣精且強、天子按劍怒、使者遙相望、雁行緣石徑、魚貫(六十七)度飛梁、簫鼓流漢思、旌甲被胡霜、疾風衝塞起、沙礫自飄揚、馬毛縮如蝟、角弓不可張、時危見臣節、世亂識忠良、投軀報明主、身死為國殤、

虛谷曰、此全用楚辭國殤之意、身(六十八)既死兮神以靈、魂魄毅兮為鬼雄、張巡嚼齒穿齦之類是也、西京雜記、元封二年、大雪深五尺、牛馬蜷縮如蝟、少陵詩、漢時長安雪一丈、牛馬寒(六十九)毛縮如蝟、鮑用又在先也、

稚登集、晦聞先生曰、郭茂倩樂府詩集曰、曹植艷歌行、出自薊
北門、遙望湖池桑、枝枝自相值、葉葉自相當、(七十)樂府題解曰、出
自薊北門行、其致與從軍行同、而兼言燕薊風物、(七十一)及衛
驍勇悍之狀、通典曰、燕本秦上谷郡、薊即漁陽郡、皆在
遼西、朱秬堂樂府正義曰、古稱燕趙多佳人、出自薊北
門本曹植艷歌、與從軍異、及鮑照借言燕薊風物
及征戰辛苦、竟不知以題為艷歌矣、蓋樂府有轉有借、
轉者就舊題而轉出新意、借者借舊題而裁以己意、

擬古詩須識此二義、然後可以參變、未可輕（七十二）解題之說、而忽却絕款本旨也、班彪王命論、今民皆謳吟思漢、鄉仰劉氏、文選六臣注、劉良曰、筋謂弓、竿謂箭也、呂向曰、雁行魚串皆陣勢也、（七十三）

結客少年場行

鮑明遠

驄馬金絡頭、（七十四）錦帶佩吳鉤、失意杯酒間、白刃起相仇、追兵一旦至、負劍遠行遊、去鄉三十載、復得還舊丘、升高臨四關、表裏望皇州、九塗平若水、雙闕似雲浮、扶宮羅將相、夾道列王侯、日中市朝滿、車馬若川流、擊鐘陳鼎食、方駕自相求、今我獨何爲、坎壈懷百憂、

盡谷曰、此詩俠少晚而悔者、朱家郭解之徒、終貽悔吝、況區區殺人亡命子乎、可以爲戒也、此詩首指洛陽、西關者、東城皋、南伊闕、北孟津、西函谷、雙闕者、南北宮、乃秦始皇所創、九塗平若水、雙闕似雲浮、此本古詩選對句法、

穉圭案、晦聞先生曰、郭茂倩樂府詩集樂府解題曰、結客少年場行、言輕生重義、慷慨以立功名也、廣題曰、漢長安少年殺吏受財、報仇相與探丸爲彈、探得赤丸斫武吏、探得黑丸殺文吏、尹賞爲長安令、盡捕之、長安中爲之歌曰、何處求子死、桓東少年場、生時諒不謹、枯骨復何葬、按結客少年場、言少年時結任俠之客、爲遊樂之場、終而無成、故作此曲也、後漢書、馬防傳、臨洮道險、車騎不得方駕、

東門行

鮑明遠

傷禽惡驚絃（弦）、倦客惡離聲、離聲斷客情、賓御皆涕零、涕零心斷絕、將去復還訣、一息不相知、何況異鄉別、遙遙征駕遠、杳杳落日晚、居人掩閨臥、行子夜中飯、野風吹秋木、行子心腸斷、食梅常苦酸、衣葛常苦寒、絲竹徒滿座、憂人不解顏、長歌欲自慰、彌起長恨端、

虛谷曰、（七十五）此詩專言離別之難、詩四折、以二韻三韻各二折、味

至末句、則凡中有憂者、雖合樂也而愈悲、雖長歌也而愈怨、不特離別也、虛弓落雁、事出戰国策、更嬴於（七十六）魏王射者、蓋序言設譬、此所謂傷禽驚弦也、

稚圭案、賜閒先生曰、郭茂倩樂府詩集曰、樂府解題、古詞、出東門、不顧歸、來入門、悵欲悲、言士有貧不安其居者、拔劍將去、妻子牽衣留之、願共餔糜、不求富貴、且曰今时清、不可為非也、若宋鮑照傷禽惡驚弦、但傷離別而已、朱秬堂樂府正義曰、文選注引歌錄曰、日出東門、古詞也、今瑟

調東門行當日出字、或是相和曲中東門古詞、而今亡矣、吳摯父曰、晉安王子勛之亂、臨海王子頊從亂、明遠以臨海王前軍參軍此詩蓋憂亂之情、

苦熱行

鮑明遠

赤阪橫西阻、火山赫南威、身熱頭且痛、鳥墮魂來歸、湯泉發雲潭、焦煙起石圻、日月有恒昏、雨露未嘗晞、丹蛇踰百尺、玄蜂盈十圍、含沙射流影、吹蠱痛行暉、鄣氣

（七十七）

晝熏體、菌露夜沾衣、飢猿不下食（七十八）、晨禽不敢飛、毒涇尚多死、渡瀘寧具腓（七十九）、生軀蹈死地、昌志登禍機、戈船榮既薄、伏波賞亦微、爵輕君尚惜、士重安可希、

虛谷曰、熱者地之至惡、死者事之至難、蹈至惡之地、責以至難之事、而上之人不察、則天下士有去之而已、君視臣如草芥、則臣視君如寇讎、此詩連以十六句言其熱、一句用一事、富哉言乎、毒涇渡瀘、始入議論、謂所往之地、甚於秦人之毒涇、諸葛之渡瀘、死地禍機、決無可全之理、而軍賞

微蔑、則必失天下之心矣、韓詩外傳、田饒對宋燕語、財者君所輕、死者士所重、君不能用所輕、欲使士致重乎、絳蠻案、晦聞先生曰、郭茂倩樂府詩集曰、言南方鄣（瘴）癘之地、盡節征伐、而賞之太薄也、朱秬堂樂府正義曰、宋文帝元嘉二十三年、遣交州刺史（八十）譚和之討林邑、宗慤自請從軍、和之遣慤為前鋒、遂克林邑、陽邁父子挺身走、所獲未名之寶不可勝計、慤一無所取、還家之日、衣櫛蕭然、此則功高賞薄、戈船伏波、蓋指和之及慤也、行暉、文選注以為行李之暉、非也、楊慎丹鉛錄曰、南中畜蠱之家、蠱昏夜飛出飲水、光如曳彗、所謂行暉也、（八十一）爾雅、葞春草、郭注云、一名芒草、本草云、莽草一名葞、陶注云、今俗呼爲菌草、周禮、翦氏掌除蠹物、以莽草熏之、中山經、葌山有芒草、可以毒魚、太平御覽引萬畢術曰、莽草浮魚是也、芒與菌聲相近、芒莽葞又俱一音之轉、皆一物也、　方植之曰、東武言還卒、（八十二）此言還師、撤出卒、亦以諷恩薄也、寫失方地險艱、字句崎嶇、

白頭吟

鮑明遠

直如朱絲繩、清如玉壺冰、何慚宿昔意、猜恨坐相仍、人情賤恩舊、世議逐衰興、毫髮一爲瑕、丘山不可勝、食苗實碩鼠、點白信蒼蠅、鳧鵠遠成美、薪芻前見陵、（八十三）申黜褒女進、班（八十四）退趙姬昇、周王日淪惑、漢帝益嗟稱、心賞猶難恃、貌恭豈易憑、古來共如此、非君獨撫膺、

震谷曰、司馬相如欲聘茂陵女、卓文君爲白頭吟、此用其題而廣之也、（八十五）沈約宋書、古白頭辭曰、悽悽重悽悽、嫁女不須啼

得一心人、白頭不相離、虞其意則不止夫婦間也、此詩可謂遒麗俊逸、黃鵠所從來遠而貴之、鷄所從來近而日瀹之、韓詩外傳、田饒語魯哀公曰、譬若薪燎、後者處上、文子語、亦汲黯語、蓋遠近前後之說也、心賞貌恭一聯、至佳、至佳、稱荃蕙、劉坦之曰、高髮喻步、丘山喻身也、此謂明遠爲人所間、見棄於君、故借是題以喻所懷、篇末如魏風所云、我思古人、俾無訧兮、方植之曰、此統言君臣朋友夫婦之情難常保、即屈子恩不勝兮輕絕之意、而古人屢以寄慨、蓋此世情古今

（八十六）

天下恒比斯也、

放歌行

鮑明遠

蓼蟲避葵菫、習苦不言非、小人自齷齪、安知曠士懷、雞鳴洛城裏、禁門平旦開、冠蓋縱横至、車騎四方來、素帶曳長飇、華纓結遠埃、日中安能止、鐘鳴猶未歸、夷世不可逢、賢君信愛才、明慮自天斷、不受外嫌猜、一言分珪爵、片善辭草萊、豈伊白璧賜、將起黃金臺、今君有何

疾、臨路獨遲迴、
虛谷曰、此詩之意、全在處世不可逢、賢君信愛才四句、謂
明君在上可以仕矣、一言既善可致富貴、豈徒取虞卿
之白玉璧、又將起郭隗之黃金臺、而不急於仕乎、果何
病而不進乎、起句用蓼蟲避葵堇事、楚辭云、蓼蟲不徙
乎葵藿、言性不遷也、世間以苦為甘、以臭為香者固有之、然
士處世、果逢明君何為不仕、苟有一之未然、則不出蓼蟲之安
於苦也、

辭歸業。劉坦之曰：此詩明遠自中書舍人以後退歸，當孝武之時，垂於仕進，故作是曲以見志云歟。首言蓼蟲避葵堇而集於蓼，由其慣於食苦，不言非甘，以喻己之謝世祿而窮居，安於憂困，自以爲高也。然衆人所見者小，乃爲之不堪其憂，而不知曠士之懷，隨時出處，視窮達爲一致者哉。下文歷言京城達官，四方遠集，而朝夕不止，況乎時不可失，而賢君愛才，進用如此其易，今爾有何所病，獨遲徊不進耶。蓋明遠之所不進，有難以語人者也，故特設爲他人之詞以譏之，此即所謂不知曠士者也。宋

（八十八）

秬查曰、此稱宋元嘉中彭城王義康為司徒時、專政、明遠知其必敗、獨能迴避不進也、宋書稱義康勢傾遠近、朝野輻輳、義康傾身引接、未常懈倦、士之幹練者、多被恩遇、然素無學術、不識大體、朝士有用之才、皆引入己府、府僚無施及忤旨者、乃斥為臺官、其時奔走相門者、皆險躁傾諂之徒、安得不敗、明遠於此可謂知謹身矣、不知他日又何以失足於始興王濬也、知幾其難哉、言洛城者、託詞也、吳摯父曰、明遠有侍郎報滿辭閣疏、蓋在此時、史云為中書舍

（八十九）

人、舍人疑侍郎之誤、史云、世祖以為中書舍人、世祖、孝武也、南史云孝文其亦誤、孝武雄猜、故詩意及之、與史正同、孝文宗之賢主、當亦不然也、李異說甚是、方氏之解太淺、楚辭夢雖不從乎葵藿、蓋言執德守道之士、不慕膏腴、此詩蓋以夢龍興起臨睨遲細之君子、而雞鳴洛城以下、均為擬議小人之言、則自然明白也、

（九十）

升天行　鮑明遠

家世宅關輔、勝帶宦王城、備聞十帝事、委曲兩都情、倦見物興衰、驟覩俗昇(也)平、翩翻類迴掌、恍惚似朝榮、窮塗悔短計、晚志重長生、從師入遠岳、結友事仙靈、五圖發金記、九籥隱丹經、風餐委松宿、雲臥恣天行、冠霞登綵閣、解玉飲樹庭、蹔遊越萬里、近別數千齡、鳳臺無還駕、簫管有遺聲、何時與爾曹、啄腐共吞腥、

盧谷曰、厭世故而求神仙、神仙果有之乎、張子房願從赤松子遊、以全功名也、梅福去爲吳市倅、亦以爲仙、以避亂也、未必真

有所謂升天者也、蘇子由評李白詩、謂用兵先登陷陣不以為
難、語遊俠則白晝殺人不以為非、予以鮑明遠詩轍續之曰、語
神仙則白日升天不以為異、若從尾句之意、則寓言借喻君子
有高志遠意拔出塵埃之表者、視世之卑污苟賤之人直
以禽鳥(畜)之吞啄腐腥耳、五圖、九籥、按文選注、引抱朴子五嶽
真形圖、鄭玄易緯注、齊魯間藏器之管曰籥、又以藏經、丹
有九轉、
釋菩業、
鼓吹曲騰帶、五臣向注謂騰冠帶時也、吳伯其曰、遊仙詩只以

一首詠懷詩、絕無一句語（九十一）乘氣習、從師結友、是求仙人第一要事、此將指出、求結仙人渡世際情、語最警切、末結語尚從方說出是、無說斷章陽、

鼓吹曲

謝玄暉

江南佳麗地、金陵帝王州、（九十二）逶迤帶綠水、迢遞起朱樓、飛甍夾馳道、垂楊蔭御溝、凝笳翼高蓋、疊鼓送華輈、獻納雲臺表、功名良可收、

憲若曰、文選注奉隨隋王教、作鼓吹歌、軍樂也、謂之短簫鐃歌、黃帝岐伯所作、又古入朝曲、吳錄、張紘語、秣陵、楚武王所置、名為金陵、秦始皇時、望氣者云、金陵之王者氣、故斷連岡、改為秣陵、曹植詩、壯哉帝王居、佳麗殊百城、玄暉此二句響人牙頰、後四句亦熟為人所誦、徐引聲謂之凝、小擊鼓謂之疊、

釋荃案、此蓋贊美齊時帝都之作、六代豪華、乃為後人所向往、張勃吳錄、諸葛亮觀秣陵山阜、嘆曰、鍾山龍蟠虎踞、

(九十三)

天子之都也、

文選顔鮑謝詩評補卷三校勘記

（一）早有暮：《文選》、《詩評》并作「早有慕」。

（二）於甘棠下：《詩評》、《漢書・王吉傳》并作「舍於棠下」。

（三）視事：《詩評》作「視郡事」。

（四）常云：《詩評》作「嘗云」。

（五）碑樹：《詩評》作「俾樹」。

（六）志欲盧陵：《詩評》作「志欲與廬陵」。

（七）逝川：《文選》、《詩評》并作「逝湍」。

（八）旅途：《文選》、《詩評》并作「徒旅」。

（九）表聯：原詩作「表靈」。

（十）於此：《謝注》引吴語作「於是」。

（十一）拙納：《文選》、《詩評》并作「拙訥」。

（十二）費將迎：《文選》、《詩評》并作「廢將迎」。

（十三）遡期：《文選》、《詩評》并作「遡溪」。

（十四）鮮龜：《文選》、《詩評》并作「解龜」。

（十五）凡二十三：按：元興元年爲公元四〇二年，景平元年爲四二三年，凡二十二年。方説疑誤。

（十六）莫監流水：《文子》作「莫鑒於流潦」。

（十七）所以無爲：《莊子集釋・達生篇》作「不務生之所無以爲」。

（十八）曾颸：《文選》作「魯颸」；《詩評》、《先詩》、《謝注》并作「曾颸」。

（十九）歲寒期：《文選》、《詩評》并作「歲寒欺」。

（二十）善貸與善成：《老子校釋》四十一章作「善貸且善」。

（二十一）歲寒期：見本卷校（十九）。

（二十二）追情柄息時：《文選》、《先詩》并作「追尋棲息時」；《詩評》作「追情棲息時」。

（二十三）浮流：《文選》、《詩評》并作「濯流」。

（二十四）拂芳蓀：《文選》、《詩評》并作「馥芳蓀」。

（二十五）日月：《文選》、《詩評》并作「日夜」。

（二十六）靈物：《文選》作「露物」；《詩評》、《先詩》、《謝注》并作「靈物」。

（二十七）江西：《詩評》作「江州」。

（二十八）石徑：《詩評》作「石鏡」。

（二十九）云尔：《詩評》作「云耳」。

（三十）不爲近人情：《詩評》作「爲不近人情」。

（三十一）映碧澗：《文選》作「映碧潤」；《詩評》、《先詩》、《謝注》并作「映碧澗」。

（三十二）肥遁賢：《文選》、《謝注》作「肥遯賢」。

（三十三）豈謂：《文選》、《詩評》并作「豈爲」。

（三十四）阻暑：《文選》、《詩評》并作「徂暑」。

（三十五）二十二：《詩評》作「三十二」。

（三十六）予謂此詩：《詩評》作「予味此詩」。

（三十七）元初：據《宋書·顔延之傳》當作「永初」。

（三十八）常入：《詩評》作「嘗入」。

（三十九）獨立者危：《全文·陶徵士誄》作「獨正者危」。

（四十）永元元嘉間：按：「永元」爲漢和帝、前凉張茂及齊東昏王年號。此言「永元元嘉間」，其指「永初」、「元熙」、「元嘉」乎？

（四十一）授宋公於洛陽：考《宋書·本紀第二》、《南史·宋本紀上第一》及《通鑒》一一八，是時劉裕在徐州。（龍校）

（四十二）銘字：《文選》作「銘志」；《詩評》作「銘誌」。

（四十三）禾苗：《文選》、《詩評》并作「黍苗」。

（四十四）禾苗：見前校。

（四十五）曲午：當爲典午。（龍校）

（四十六）還：《文選》、《詩評》并作「還都」。

（四十七）尊南服：《文選》、《詩評》并作「糞南服」。

（四十八）清芬：《文選》、《詩評》并作「清氛」。

（四十九）懷哉：《文選》、《詩評》并作「傷哉」。

（五十）　爲可惜耳：《鮑參軍集注》（以下簡稱《鮑注》）引黄云，作「故可惜耳」。

（五十一）　雲異：《文選》、《詩評》、《先詩》并作「靈異」。

（五十二）　居然棲：《文選》作「俱然棲」。

（五十三）　賴以：《文選》、《詩評》并作「賴此」。

（五十四）　當奏賦：《詩評》作「嘗奏賦」。

（五十五）　常有詩曰：《詩評》作「嘗有詩曰」。

（五十六）　靜如練：《詩評》作「淨如練」。

（五十七）　惆何許：《文選》、《詩評》并作「悵何許」。

（五十八）　摇落：《文選》、《詩評》并作「寥落」。

（五十九）　暖松杞：《文選》、《詩評》并作「曖松杞」。

（六十）　未常：《詩評》作「未嘗」。

（六十一）　置幘官舍：《文選》注引《列仙傳》作「置冠幘官舍」。

（六十二）　獨於：《謝注》、《論衡》并作「獨爲」。

（六十三）　會稽如：《謝注》、《論衡》并作「會計如何」。

（六十四）　臭犯：《文選》注、《鮑注》引《韓子》并作「咎犯」。

（六十五）　不顧：《詩評》作「不願」。

（六十六）　先生：《鮑注》引方語作「先王」。

（六十七）　魚串：《文選》、《詩評》并作「魚貫」。

（六十八）死兮：《詩評》作「飛兮」，誤。

（六十九）寒毛：《九家集注杜詩》、《杜詩鏡詮》并作「毛寒」。

（七十）樂府題解：《樂府詩集》六十一卷《雜曲歌辭》作「樂府解題曰」。

（七十一）衝騎：前書作「突騎」。

（七十二）未可疑：《鮑注》作「未可泥」。

（七十三）魚串：校作「魚貫」，見本卷校（六十七）。

（七十四）金路頭：《文選》、《詩評》并作「金絡頭」。

（七十五）此詩專言：《詩評》作「此專言」。

（七十六）更羸於：按：方氏作「於」。據《戰國策·楚四》校作「更羸，魏王時射者」。

（七十七）未常晞：《文選》、《詩評》并作「未嘗晞」。

（七十八）不下食：《文選》作「莫下食」。

（七十九）且腓：《文選》、《詩評》、《先詩》并作「具腓」。

（八十）譚和之：據《宋書》、《通鑑》校作「檀和之」。

（八十一）曳慧：《鮑注》引《丹鉛録》作「曳彗」。

（八十二）還卒、還帥：《鮑注》引方語作「旋卒」、「旋帥」。

（八十三）見淩：《文選》、《詩評》并作「見陵」。

（八十四）班退、渝惑：《文選》、《詩評》并作「班去」、「淪惑」。

（八十五）古白頭辭曰：《文選》注引沈約《宋書》作「古辭白頭吟曰：凄凄重凄凄嫁娶不須啼」。

按《宋書・樂志三》作『嫁娶亦不啼』。

（八十六）魏風：據《詩經》校作《衛風》。按：『我思古人、俾無訧兮』二句，出《邶・緑衣》。以《邶》入《衛》，顧棟高《毛詩類釋》辨之頗詳。

（八十七）鐘鳴：《文選》作『鍾鳴』。

（八十八）謝世禄：《鮑注》引劉語作『謝禄仕』。

（八十九）朝士有用之才：《鮑注》引朱語作『朝士有才用者』。

（九十）不暮：當作『不慕』。（龍校）

（九十一）沿汞：《鮑注》引吴語作『鉛汞』。

（九十二）緑水、迢遞：《文選》、《詩評》并作『淥水』、『迢遞』。

（九十三）鐘山：應作『鍾山』。

文選顔鮑謝詩評補

卷四

文選顏鮑謝詩評卷四

元 歙縣 方回 評

江安 黃穉荃補

七月七日夜詠牛女一首

謝惠連(一)

落日隱櫩楹、升月照簾櫳、團團滿葉露、析析振條風、蹀足循(二)廣除、瞬目矖曾穹、雲漢有靈匹、彌年闕相從、遐川阻昵愛、脩渚曠清容、弄杼不成藻、聳轡騖前蹤、昔

離秋已兩、今聚夕無雙、傾河易迴斡、款顏難久悰、沃若靈駕旋、寂寥雲幄空、留情顧華寢、遙心逐奔龍、沈吟為爾感、情深意彌重、

虛谷曰、世人云七月七日織女嫁牽牛、本出齊諧記、謂為桂陽城武丁之言、豈是理也、神仙荒唐、尚未可信、況又出於一夫之口、誣蔑星象、虛無妄誕、曰此仙聖之說、世人信之、殊可憫也、且星之為物、固有飛孛流慧之異、此徒見有織女之女字、撰造夫婦靈匹、想渡天河之事、以欺愚俗、豈不哀哉、玄暉

昔雖秋已兩、今聚夕無雙、如詩家所稱、文選注、昔雖遠今會、而秋已兩、今聚使別、故（三）夕無雙耳、爾注得將他不通體貼敷衍耳、無議論斷此事、善乎少陵之詩曰、牽牛出河西、織女出河東、萬古永相望、七夕誰見同、神光竟難候、此事（四）終朦朧、然狂云飄（五）然精靈合、何必遂通、似不謂之全無是理也、此少陵力不難析、謂假使了此精靈倏合、何必於秋之七夕耶、所以力闢之、而非以不有也、自新詩走光童、以玉日出甘所縱、既晒夫因節乞巧其之愚、自嗟汝來嫁女、以玉丈夫

爲美雄、又所以訓夫臣之於君猶婦之於夫、未有私合苟合而可久者、此少陵詩所以獨步也、然則牛女之說、誨淫之薄俗歟、

稗荃集、題下注齊諧記、初學記引作吳均續齊諧記、荊楚歲時記、亦云七月七日爲牽牛織女聚會之夜、而淮南子風俗通、爾雅翼、亦載此事、韓鄂歲華記、且言烏鵲爲橋也、其後歲時廣記諸書、無不遞相轉述、至於見於歌詠則更邈遠、詩經、維天有漢、監亦有光、跂彼織女、終日七襄、雖則七

襄不成報章、漢人古詩十九詩中、迢迢牽牛星、皎皎河漢女、均已明書其事、知所從來甚久矣、少陵詩非爲牛女之事辯析、蓋數陳風俗、推牛女夫婦之義以及於君臣、小大有佳期蓋謂夫婦有夫婦之佳期、君臣亦有君臣之際會、外牛女之事、信之故愚、闢之亦過、世界文學皆起源於神話、去神話則所謂比興將盡枯窘也、

擣衣詩一首

謝惠連

衡紀無淹度、晷運倏如催、白露滋園菊、秋風落庭槐、肅肅莎雞羽、烈烈寒螿（六）啼、夕陰結空幕、宵月皓中閨、美人戒裳服、端飾相招攜、簪玉出北房、鳴金步南階、櫩高砧響發、楹長杵聲哀、微芳起兩袖、輕汗染雙題、紈素既已成、君子行未歸、裁用笥中刀、縫爲萬里衣、盈篋自余手、幽緘候君開、腰帶準疇昔、不知今是非、

愚谷曰、此詩全在後面八句、尤佳則尾句也、似爲作寄衣、以上六句不過賦擣衣而已、無佳處、又有八句、則述秋夜之景而

已、斗牛(七)夜建在衡、北斗中一星也、冬至日月起於牽牛為星紀、故曰衡紀無淹度、

穠麗柔、織月牽日、情致纏綿、一結尤入妙、已為齊梁艷體之先聲矣、先言其時、次言其人、次言其事、末言其情、鍾惺曰、雙題以下始入情、後詩之病在情與景分為兩截、不能作景中情語、

南樓中望所遲客一首

謝靈運

杳杳日西頹，漫漫長路迫。登樓為誰思，臨江遲來客。與我別所期，期在三五夕。圓景早已滿，佳人猶未適。即事怨睽攜，感物方懷慼。孟夏非長夜，晦明如歲隔。瑤華未堪折，蘭苕已屢擿。路阻莫贈問，云何慰離析。搔首訪行人，引領冀良覿。

虛谷曰：靈名（八）遊名山志：始寧又北轉一汀七里，有園南門樓，南樓百許步，對橫山，在今上虞。此遲客之所也。遲去聲，訓待，而文選注音，訓如思，非是。江淹擬（九）湯惠休詩云：日暮碧雲合，佳人殊未來。不如靈運語意足有味。展初與客期，客於月望之夕，令月忽圓而容不至，所以為佳，淹所謂日暮碧雲合，豈初以黃昏為期乎，故曰不如靈運之語意足也，稱王粲、陳阮繢曰，康樂未天殊勝，識解超六同時之人，洵無其偶，觀其嘲笑孟顗兀傲之狀，當亦難堪，爰使屬流莫相尊諳，天下之大，人物之多，終身獨行，能無阨塞，山中屢嘆於美人，良有以也，此作結言，在先紆想，在後勤企之念，纏綿莫解，不知是何寄，能使康樂繫心若此，無亦見似人者而喜耶，李周翰曰，瑤華，麻花也，其色白，故比於瑤，此花香，服食可致

者春故以為美、將以贈遠、未堪折、謂孟夏時未花也、蘭若亦然、

草比君子、故屢摘以相思、(十)

田南樹園激流植援一首

謝靈運

樵隱俱在山、由來事不同、不同非一事、養痾亦園中、中園

屏氛雜、清曠招遠風、卜室倚北阜、啟扉面南江、激澗代

汲井、插槿當列墉、羣木既羅戶、衆山亦對窗、靡迤趨下田(十一)、

迢遞瞰高峯、寡欲不期勞、即事罕人功、唯開蔣生逕、永懷

求羊蹤，賞心不可忘，妙善冀能同。

孟否曰，四句唱起有識論，臧榮緒晉書曰，胡孔明有言，隱者在山，樵者亦在山，在山則同，所以在山則異，靈運則謂，吾非樵非隱，於園中養痾而已，此所謂在山同，所以在山則異也，營井也以間代之，營墉也以槿當之，羅戶之木，對牕之山，迤邐則趨下岫，迢遞則瞰高峯，謂皆出於自然，吾本寡欲而得於勞力，即此為田園之事而功寡矣，其以人力為之者，唯開三徑以待賞心之友耳，三輔決錄，蔣詡字元卿，隱於杜陵，舍中三徑，唯羊仲、求仲從之遊、妙善同出郭象莊子注、賞心二字、靈運屢用之、每篇必然、稗屋案、詩題簡奧不易解、胡枕泉曰、善、援字無注、銑曰、引流水種木爲援、如牆院也、援衛也、姜氏皋曰、晉書丁梁虞詩、園援多荊棘剌、梁書何允傳、即林成援、皆作援、不作楥、按釋名、垣援也、人所依阻以爲援衛也、則以援釋垣、銑注以院解援、垣院義同、李義山詩、垣少風多奉以、注引激流植援是也、御覽四百七十二引幽明錄、穀錢飛去觸籬援、皆從手、玉集韻類篇、（十二）誤從木旁作擭、云籬也、晦聞先生引漢書溝洫志注釋激字曰、激者、置石於堤旁衝要之處、所以激去其水也、蓋靈運居始寧墅田南園中養病、因役工所作此謂激流代井、植槿為垣、而作此詩、

齋中讀書一首

謝靈運

昔余遊京華、未嘗廢丘壑、矧乃歸山川、心跡雙寂寞、虛館絕諍訟、空庭來鳥雀、臥疾豐暇豫、翰墨時間作、懷抱觀

主令、寢食展戲語、既笑沮溺苦、又哂子雲閣、執戟亦以疲、耕稼豈云樂、萬事難並歡、達生幸可託、

虛谷曰、文選注永嘉郡齋也、虛館絕諍訟、空庭來鳥鵲、（十三）恐是棄郡事則可、本當齋永嘉郡齋、近時特以餞盛、未可以（十四）臥病治也、耕稼豈云樂此一句（十五）批噫矣、言、媮一日郡齋之安、而笑乎祿之朝列之人可也、謂勝沮溺而耕稼、亦在所卑、過矣、

文選注此詩永嘉郡齋固非、方氏依違无定見、既云恐是棄郡事、又云媮一日郡齋之安、自相矛盾、

稱~~[illegible]~~擬齋、當是始寧之書齋、而非永嘉之郡齋、昔余二句、心雖寂寞、跡尚未寂寞也、至於既歸山川、虛館斷

絶諍訟之辨、空庭鳥雀、乃用翟公羅廷尉事、矧心無跡嘉樹之下、亟言其異於守郡时也、且空庭鳥雀、其非郡齋甚明、

兩昔寂寞也、方評論一日郡齋之樂（安）、據上文當作書齋或高中爲是

石門新營所住四面高山迴溪石瀨修竹茂林詩一首

謝靈運

躋險築幽居、披雲臥石門、苔滑誰能步、葛弱豈可捫、嫋嫋秋風過、萋萋春艸繁、美人遊不還、佳期何由敦、芳塵凝瑤席、清醑滿金樽、洞庭空波瀾、桂枝徒攀翻、結念屬霄漢、

孤景莫與諼，俯濯石下潭，仰看條上猨，早聞夕飈急，晚見朝
日暾，崖[illegible]傾光難留，林深響易奔，感往慮有復，理來情無存，
庶持（十六）乘日車，得以慰（十七）營魂，匪為眾人說，冀與智者論，
虛谷曰，詩題止是新築幽居，結蒂乃序意所思，有美人不來之
嘆，感往慮有復，理來情無存，此是說道理處，然老莊之
學，不可強以吾儒性命之法通之，莊子所謂乘日車，郭
象亦注不明，謂日出而遊，日入而息，無不可為窮也，
稚圭案，劉坦之曰，石門，在今嵊縣界，嶀山之陽，嶀山亦曰南

山、慰安也、陽雲曰魂、楚詞、魂煢煢而至曙、蓋言不安之意、案山居賦、有南北兩居、自注云、南山是開創卜居之處、蓋靈運幽棲之志、猶以田南石壁爲未深、故又卜此新營也、晦聞先生曰、一統志、謝靈運山居在嵊縣北五十里石門山、四面高山、迴溪石瀨、與坦之所言適合、坦之上虞人、去嵊縣近、其說自當可信、若據太白詩、康樂上官去永嘉遊石門詩、定康樂所遊之石門爲永嘉、案文選旁證首此說不聞太白有昭妃西嫁上玉關之誤乎、又王阮亭以登石門最高頂一首、爲永嘉石門、而以此篇爲匡廬之石門、則不知何據、康樂雖曾遊臨川、道之所經、若大林峯等、然考一統志、前時潯陽流寓、並無康樂其人、設果有所營之新居、志乘何為失載、以此知阮亭之說亦誤也、

數詩一首

鮑明遠

一身仕關西、親戚（家族）滿山東、二年從車駕、齋祭甘泉宮、三朝國慶畢、休沐還舊邦、四牡耀長路、輕蓋若飛鴻、五侯相餞送、高會集新豐、六樂陳廣座、組帳揚春風、七

盤起長袖、庭下列歌鍾、(十八)八珍盈雕俎、綺肴紛錯重、九族共瞻遲、賓友仰徽容、十載學業就、善宦一朝通、虛容日、此遊戲翰墨、如金石絲竹八音建除滿平十二辰角亢氐房二十八宿、皆以作雜詩巧為功、(十九)非詩之自然者也、數者自一至十、姓云一身仕關西、家族滿山東、(二十)末至十載學業就、善宦一朝通、緊要意全在此、謂寒士之學、十載不成、巧宦之人、一朝通顯、如前九韻所云耳、

稱屢集、六臣注言句曰、三朝、謂正朝也、歲之朝、月之朝、日之朝

是也、學十年曰大成、言無就者、謙也、案十載之辭、方呂二説、愚皆以為不然、此詩前十八句皆寫仕宦得意、車騎樂舞之奉、及族友之贍遺、聲勢喧赫、全從正面寫、如呂説、學無就為自謙之詞、則學優而仕固所當然、若此直敘平鋪之詩有何意義、方説較有理致、然何以前段十九句皆指善宦之人、獨此一句指寒士之學、殊乏根據、此句當仍指此善宦之人、蓋謂雖十載讀書無成、但由於善宦、故一朝即致通顯、蓋明遠自嗟英才沉沒、戲為此詩以譏當時之不學而善宦者、

翫月城西門廨中一首

鮑明遠

始見西南樓、纖纖如玉鉤、末映東北墀、娟娟似蛾眉、蛾眉蔽珠櫳、玉鉤隔瑣牕、三五二八時、千里與君同、夜移衡漢落、徘徊帷戶中、歸華先委露、別葉早辭風、客遊厭苦辛、仕子倦飄塵、休澣自公日、宴慰及私辰、蜀琴抽白雪、郢曲發陽春、肴乾酒未缺、金壺啟夕淪、迴軒駐輕蓋、留酌待情人、

虛谷曰、前六韻言月之自缺而滿、又有感於節物之易凋、文選

注、花落向本、故曰歸華、葉下辭枝、故曰別葉、亦佳、後五韻言宦遊休澣、得值此月、具琴曲、設酒肴、當夕漏之云初、命駐車以同酌也、淪訓波、小波曰淪、此詩不似晉後宋人詩、稱荃榮、文選廨作解、玉臺新詠無廨中二字、五臣注、解、公府也、時照為秣陵令、玉臺解、署也、解廨古今字、吳伯其曰、首六句乃追述未望以前初生之月、光猶未滿、不能照遠之意、及十五六夜、月滿矣、無處不照、故曰千里與君同、君指何人、即結語情人是也、

始出尚書省一首

謝玄暉

惟昔逢休明、十載朝雲陛、既通金閨籍、復酌瓊筵醴、宸景厭昭臨、昏風淪繼體、紛虹亂朝日、濁河穢清濟、防口猶寬政、餐荼更如薺、英衰暢人謀、文明（二十一）同天啟、青精翼紫軑、黃旗映朱邸、還覩司隸章、復見東都禮、中區咸已泰、輕生諒昭灑、趨事辭宮闕、載筆陪旌棨、邑里向疎蕪、寒流自清泚、衰柳（二十二）向沉沉、凝露方泥泥、零落悲友朋、歡虞

讌兄弟、既秉丹心石、寧流素絲涕、乘此終蕭散、垂竿深澗底、

虛谷曰、讀首四句、知朓盡齊武永明之世立朝十許年、次六句痛鬱林、次八句美齊明帝、稱曰英袞、知其詠帝用青精黄旂并光武司隸事、則帝有所歸矣、海陵爲位虛也、趙事載華一聯、去尚書省出記室也、邑里以下十句乃是因出省而還家、朓前賦東田詩、有莊在鍾山、蓋有退閒之意也、詩排比多、而興趣淺、三謝惟靈運詩喜以老莊說道理、寫情

（二十三）

情、述景則不冗、寄意則極遠、尤特高云、

稱蒼梁、玄暉之効忠蕭鸞、殊令人惋惜、蕭鸞之猜忌殘狠，曉於誅江祏冑由之弟王晏十七人、文武勳舊更無算、王敬則之誅、玄暉參預其謀、出賣婦翁、致王夫人終身操刀相見、甚矣文士之涼德也、齊書眺並尚書殿中郎、高宗輔政、以眺為諮議、領記室、高宗即明帝蕭鸞眺始出尚書省為記室、乃鸞輔政之時、而竟以英袁天啟光武劉隸字相尊、較之謝宣遠靈運九日從宋公戲馬臺詩、並更為阿諛也、防口猶寬政、善注、防口實由寬政、时明帝輔

政、故曰寬也、五臣良注云、厲王防人之口、比之鬱林王猶爲寬政、當以五臣爲是、

直中書省一首

謝玄暉

紫殿肅陰陰、彤庭赫弘敞（二十四）、風動萬年枝、日華承露掌、玲瓏結綺錢、深沉映珠（朱）網、紅藥當階翻、蒼苔依砌上、茲言翔鳳池、鳴珮多清響、信美非吾室、中園思偃仰、朋情以鬱陶（二十五）、春物方駘蕩、安得凌風翰、聊恣山泉賞、

虛谷曰、朓嘗轉中書郎、此紅藥蒼苔之詩、應用其資為字料熟矣、實則潘岳懷縣詩有云、白水過庭激、綠槐夾門植、信美非吾土、（二十六）祇覺依歸志、此全效之也、處省闥而思江湖、人能為是言、能賤其鮮耳、萬年枝、令人以為冬青樹、承露盤漢武所置、江左宮殿無之、殆借用耳、

稱誉棠張雲璈曰、萬年枝非冬青、注引宮闕名曰、華林園萬年樹十四株、而不言何木、何氏讀書記曰、萬年枝即詩山有杻、（二十七）疏中所謂萬年樹、蓋檍也、棠詩疏取名億萬之況、何氏以為

檍者良是，方回泊宅篇，唐三謨詩注，皆謂是冬青，恐非，信美非吾土，蓋用王粲登樓賦，雖信美而非吾土事，繁以秦川貴公子孫流離江表，作此言固甚高，玄暉常直省中，殊不貼切，徒覺其矯揉作態也，

觀朝雨一首

謝玄暉

朔風吹飛雨，蕭條江上來，既灑百常觀，復集九成臺，空濛如薄霧，散漫似輕埃，平明振衣坐，重門猶未開，耳目暫

無援、懷古信悠哉、戢翼希驤首、乘諒畏曝鰓、動息無兼遂、歧路多徘徊、方同戰勝者、去翦北山萊、盈容曰、百常觀、出張景陽七命、九成臺、出呂氏春秋、此必省中早坐、見兩有驤首之思、又有曝鰓之懼、動而進乎、息而退乎、恐然兩難兼、路分為二、莫知適從也、如子夏戰紛華而勝、則可歸矣、亦平、

稱群集、戢翼至徘徊四句、於進退之間窮多考慮、曝鰓句、亦見畏禍之心、想此時已懷於萬鷺之難事、而終不能免於禍、蓋

徒事高調、絕不能戰勝紛華、而去夢北山之華也、韓子、子夏曰、吾入見先王之義則榮之、出見富貴又榮之、二者戰於胸臆、故臞也、今見先王之義戰勝、故肥也、謝靈運詩、戰勝臞者肥、亦用韓子、

郡內登望一首

謝玄暉

借問下車日、匪直望舒圓、寒城一以眺、平楚正蒼然、山積陵陽阻、溪流春穀泉、威紆距遙甸、巉嵒帶遠天、切切陰風暮、桑

栖起寒煙、悵望心已極、惝恍魂屢遷、結髮倦為旅、平生早学邊、誰規鼎食盛、寧要狐白鮮、方棄汝南諾、言税遼東田、

屋谷曰、寒城一以眺、平楚正蒼然、朱文公極喜此上一句、謂有力、唐子西語錄、謝玄暉詩、平楚猶平野也、呂延濟乃用翹翹錯薪、言刈其楚、謂楚叢木、使覺義象殊窘、予所有李善本亦爾、近世張雪窓良臣詩、祇留平楚伴銷凝、予謂乃極目寒蕪之意、平楚縱無大草木所以蒼然者、蓋亦青青而無極也、宣城

郡有陵陽山，所謂仙人陵陽子明，見劉向列仙傳，春穀縣在丹陽郡，出漢書，宋句汝南諾，下棄字佳，謂不能為太守，與人畫諾字也，遼東田，下稅字亦佳，牛暴管寧田，寧牽牛飼之，亦善用事，

稱荃渠，楊用修曰，楚叢木也，登高遠望，見木杪如平地，故曰平楚，猶詩所謂平林也，陸機詩，安轡遵平莽，謝語本此，唐詩，燕掠平蕪去，游絲蕩平綠，又因謝語而衍之也，春穀李注漢書丹陽郡有春穀縣，宋書作丹陽，晉書作丹楊，不同，許

巽行曰，張氏引野客叢書曰，今潤州丹楊郡書從木，其屬縣丹陽書從阜，或者疑之。考晉書地理志，謂山多赤柳，故名赤楊。江南志謂郡北有赭山，故名丹陽。皆有據也。柳又考之，兩漢丹陽郡治宛陵，而丹陽今建康也。至晉移治於建康，而元帝又徙都焉。於是以建康守爲丹陽尹，至唐天寶初始以京口爲丹陽郡，而以曲阿爲丹陽縣。然則今潤州之丹陽，非漢丹陽之故治也。丹陽凡有數處，楚鬻熊始封之丹陽，則在今之歸州秭歸也。後楚靈王徙都江陵府枝江縣

吳曰丹陽、漢於宛陵置丹陽郡、隋於丹州置丹陽郡、唐於京口置丹陽郡、其地不一、而兩唐志乃以曲阿之丹陽爲楚所封、誤也、

和伏武昌登孫權故城一首

謝玄暉

炎靈遺劍璽、當塗駭龍戰、聖期缺中壤、霸功興宇縣、鵲起登吳山、鳳翔陵楚甸、衿帶窮巖險、帷帟盡謀選、北拒溺驂鑣、西龕收組練、江海既無波、俯仰流英眄、

覓類煙郊、（二十八）卜揆崇離殿、釣臺臨講閣、樊山開廣讌、文物共葳蕤、新昭且蔥蒨、三光厭分景、書軌欲同薦、參差世祀忽、寂寞市朝變、舞館識餘基、歌梁想遺囀、故林衰木平、荒池秋草徧、雄圖悵若茲、茂宰深遐睠、幽客滯江皐、從賞垂〔乖〕纓弁、清危阻獻酬、良書限聞見、幸藉芳音多、承風采餘絢、于役儻有期、鄂渚同游衍、

虛谷曰、（二十九）炎靈遺軒虵之劍、共傳國之璽、而吳興日月星三光厭分景、而書軌欲同也、故吳亡、凡詩述興盛之事則

雅而難為工，言及衰亡則哀而易為辭，此舞館歌梁故林荒池四句，所以讀之而見其佳也。

（三十）伏武昌伏曼容，自大司馬參軍出為武昌太守，眺以戎軍稱之，太守亦可云戎軍，而世人罕用。

稱參案吳志（張雲璈曰）建安十六年，孫權徙治秣陵，為建業，魏黃初二年，權自公安都鄂，改名武昌。吳黃龍三年，還都建業。至孫皓甘露元年，復徙武昌，次年寶鼎元年還都建業，爲浩徙武昌時，揚土百姓，泝流供給，以為患苦，見陸凱傳，而劉淵林注吳都賦、謂以方孫權、李注謂孫氏初基武昌、後都建業、誤、孫氏實初基建鄴、後都武昌、後還建鄴耳、顏氏家訓曰、莊子有乘時鵲起之說、故謝朓詩曰、鵲起登吳臺、吾有族表作七夕詩云、今夜吳臺鵲、亦往共填河、知吾人誤用久矣、後之言鵲起者、皆承謝詩之謬、愚案、莊子曰、鵲上城之垝、巢於高榛之顛、城壞巢折、陵風而起、故君子之居時也、得時則義行、失時則鵲起、依莊子則鵲起乃遠引避難之意、後遂相承作吉語、故顏氏謂承謝詩之謬也、何氏讀書記曰、顏氏

旁訓作吳臺、謂姑蘇臺、梁章鉅辨之、謂姑臺三字非顏氏本文、吳氏騫曰、黃門所見是元暉原本、

和王著作八公山詩一首

謝玄暉

二別阻漢坻、雙崤望河澳、茲嶺復巑岏、分區奠淮服、東限琅琊臺、西距孟諸陸、阡眠起雜樹、檀欒映脩竹、日隱澗疑空、雲聚岫如複、出沒眺樓雉、遠近送春目、戎州昔亂華、素景淪伊穀、阽危賴宗衮、微管寄明牧、長

蛇固能剪、奔鯨自此曝、道峻芳塵流、業遂年運儵、平生仰令圖、吁嗟命不淑、浩蕩別親知、連翩戒征軸、再遠館娃宮、兩去河陽谷、風煙四時犯、霜雨朝夜沐、春秀良已彫、秋場庶能築、

虛谷曰、此詩平平鋪敘、瑯琊（三十一）東游、東限西距、汎而不切、又誤向背、平生仰令圖以下、自述兩別家鄉之意、以辛苦爲嘒珠豈足觀、檀欒蔭脩竹一聯、要之可用何獨八公山、

稱登集梁章鉅曰、李善注、宋衰、謝安也、昭牧、謝玄也、客齋隨

華云、阽危二語、正謂謝安謝玄、安石於玄暉為遠祖、以其為祖、故曰宗衰、而李周翰注、宗衰、謂王導與融同宗、言王導與謝玄同破苻堅、夫以宗衰為王導固可笑、然猶以為王融之故、至以導為與謝玄同破苻堅、乃全不知有史策耳、善注得之、野客叢書云、語有不當文理而承襲用之者、如宋氏詔曰、謝玄功參微管、取論語微管仲之義、前此潘安仁詩、豈無陋微管（按今詩作微官此誤）謝玄暉詩、微管寄明牧、此外劉義康傳、臣以頑昧、獨默微管、傅亮碑、道亞黃中、功參微管、似此用微省其甚多，按本書任彥昇勸進牋，亦有暉深微婉語，棻方氏過貶此詩，亦可不必，鍾嶸詩品謂，玄暉意銳才弱，蓋短章極遒媚有力，而長篇殊乏佳致，王著作王融也，謝王同為永明體之創製者，

和徐都曹一首

謝玄暉

宛洛佳遨遊，春色滿皇州，結軫青郊路，迴瞰蒼江流，日華川上動，風光草際浮，桃李成蹊逕，桑榆陰道周，東都已俶載，

言歸望綠疇、

盧谷曰、文選注、和徐都曹勉、昧旦出新渚、此乃借宛洛以喻建康、小詩十句、而三句膾炙人口、稱基業、方評三句、蓋謂春色滿皇州及~~並作王融句字當是鈔胥之誤~~日華川上動、風光草際浮三句、~~其工緻空靈要皆勝於餘霞散成綺澄江靜如練~~此嚴滄浪所謂、玄暉詩、通篇似唐人者、

和王主簿怨情

謝玄暉

掖庭聘絕國、長門失歡宴、相逢詠蘼蕪、辭寵悲班扇、花叢亂數蝶、風簾入雙燕、徒使春帶賒、坐惜紅粧變、生平一顧重、宿昔千金賤、故人心尚爾、故人心不見、

虛谷曰、花叢亂數蝶、風簾入雙燕、靈運惠連顏延年鮑明遠在宋元嘉中、未有此等（三十二）奇麗之作也、齊永明體自沈約立為聲韻之說、詩漸以卑、而玄暉詩徇俗太甚太工太巧、陰何徐庾繼作、遂成唐人律詩、而晚唐尤纖瑣、蓋本原於斯、一顧重而千里（三十三）賤、此聯乃絕佳、事出列女傳、楚成王之

夫人鄭子瞀、初成王登臺、子瞀不顧、王曰顧吾、與汝千金、子瞀遂行不顧、蓋子瞀之不顧千金、彼一時也、而王嬙陳后班姬見棄於主、此一時也、杜荀鶴風暖鳥聲碎日高花影重之作、全得此格、

稚荃案、陳餘山曰、此詩起兼叙四事、先景後情、可作一篇小賦讀、故人心不見、許巽行曰、謝集作故心人不見、茶袁二本作心人、善作人心、胡曰、二本所見非也、上句故人心尚爾、承生平一顧重言之、謂霜露之未嘗易操也、故心人不見、承夙昔千

全賤言之、語相違之處已賤俗也、古情之所以為怨也、傳寫誤倒置、絶不可通、非善本、

擬魏太子鄴中集詩八首 並序

謝靈運

建安末、余時在鄴宮、朝夕遊讌、究歡愉之極、天下良辰美景賞心樂事、四者難并、今昆弟友朋、二三諸彥、共盡之矣、古來此娛、書籍未見、何者、楚襄王時、有宋玉唐景、梁孝王時有鄒枚嚴馬、遊者美矣、而其主不文、漢武帝徐樂諸才、備

應對之能、而雄猜多忌、豈獲晤言之適、不誣方將、庶必賢於今日爾、歲月如流、零落將盡、撰文懷人、感往增愴、其（三十四）辭曰、

魏太子

百川赴巨海、衆星環北辰、照灼爛霄漢、遥裔起長津、天地中橫潰、家王拯生民、區宇既滌蕩、羣英必來臻、忝此欽賢性、由來常懷仁、況値衆君子、傾心隆日新、論（三十五）功靡浮説、析理實敦陳、羅縷豈闕辭、窈窕究天人、澄

觴滿金罍、連榻設華茵、急絃動飛聽、清歌拂梁塵、

何言相遇易、此歡信可珍、

王粲

家本秦川、貴公子孫、遭亂流寓、自傷情多、

幽厲昔崩亂、桓靈今板蕩、伊洛既燎煙、函崤沒無像、

整裝辭秦川、秣馬赴楚壤、沮漳自可美、客心非外獎、

常歎詩人言、式微何由往、上宰奉皇靈、侯伯咸宗長、雲

騎亂漳南、紀郢皆掃蕩、排霧屬盛明、披雲對清朗、

（三十六）

慶泰欲重疊，公子特先賞，不謂息肩願，一旦值明兩，竝載遊鄴京，方舟泛河廣，綢繆清讌娛，寂寥梁棟響，既作長夜飲，豈顧乘日養，（三十七）

陳琳

袁本初書記之士，故述喪亂事多，

皇漢逢迍邅，天下遭氛慝，董氏淪關西，袁家擁河北，單民易周章，窘身就羈勒，豈意事乖己，（三十八）永懷戀故國，相公實勤王，幸能定蝥賊，復覩東都輝，重見漢朝則餘生幸已多，矧乃值明德，愛客不告疲，飲讌遺景刻，夜猶極星闌，朝遊窮曛黑，哀哇動梁埃，急觴盪幽默，且盡一日娛，莫知古來惑，

徐幹

少無宦情，(三十九)有箕潁之心，故仕多素辭，

伊昔家臨淄，提攜弄齊瑟，置酒(四十)飲膠東，淹留憩高密，此歡謂可終，外物始難畢，搖蕩箕濮情，窮年迫憂慄，末塗幸休明，棲集建薄質，已免負薪苦，仍遊椒蘭室，

清論事究萬、美話信非一、行觴奏悲歌、永夜繫白日、華
屋非蓬居、時髦豈余匹、中飲顧昔心、悵焉若有失、

劉楨

卓犖偏人、而文最有氣、所得頗經奇、
貧居晏里閈、少小長東平、河兗當衝要、淪飄薄許京、
廣川無逆流、招納廁羣英、北渡黎陽津、南登紀郢城、
既覽古今事、頗識治亂情、歡友相解達、敷奏究生平、（四十二）
矧荷明哲顧、知深覺命輕、朝遊牛羊下、暮坐括揭鳴、終歲

非一日、傅色弄新聲、辰事既難諧、歡願如今并、唯羨肅肅
翰、繽紛戾高冥、

應瑒

汝潁之士、流離世故、頗有飄薄之歎、

嗷嗷雲中雁、舉翮自委羽、求涼弱水湄、違寒長沙渚、顧我
梁川時、緩步集潁許、一旦逢世難、淪薄恒羈旅、天下昔
未定、託身早得所、官渡厠一卒、烏林預艱阻、晚節值衆
賢、會同庇天宇、列坐廕華榱、金樽盈清醑、始奏延露曲、

繼以闌夕語、調笑輒酬荅、嘲謔無慙沮、傾軀無遺慮、在心良已敘、

阮瑀

管書記之任、(四十二)故有優渥之言、

河洲多沙塵、風悲黃雲起、金羈相馳逐、聯翩何窮已、慶雲惠優渥、微薄攀多士、念昔渤海時、南皮戲清沚、今復河曲遊、鳴笳(葭)泛(汎)蘭汜、躧步陵丹梯、並坐侍君子、妍談既愉心、哀弄信睦耳、傾酤係芳醑、酌言豈終始、自從食蓱來、唯

見今日美、

平原侯植

公子不及世事、但美遨遊、然頗有憂生之嗟、

朝遊登鳳閣、日暮集華沼、傾柯引弱枝、攀條摘蕙草、徙倚窮騁望、目極盡所討、西顧太行山、北眺邯鄲道、平衢修且直、白楊信裊裊、副君命飲讌、歡娛寫懷抱、良遊匪晝夜、豈云晚與早、眾賓悉精妙、清辭灑蘭藻、哀音下迴鵠、餘哇徹清昊、中山不知醉、飲德方覺飽、願以黃髮期、養生念將老、

虛谷曰、序擬曹丕、作良辰美景賞心樂事四者難并、實靈運語擬於曹丕詩者、又云楚襄王時、有宋玉唐景、梁孝王時有鄒枚嚴馬游者美矣、而主不文、漢武帝徐樂諸才、備應對之能、而雄猜多忌、豈獲晤言之適、予謂此序、使其主宋武帝文帝見之、皆必切齒、其主不文、明譏劉裕、雄猜多忌、亦譏徐傅謝檀諸人之所誅也、又況言與行皆躁而不靜、作爲韓亡秦帝之時、宋之禪晉、自義熙得柄迄二十年而篡、文帝在位至元嘉十年而靈運坐誅、其創業三十年矣、而以憤讟輕為匡復晋室之語、不已踈乎、此序亦賈禍之一端也、况文帝以文自命、鮑照悟旨、自作才盡、僅僅自全、靈運識可謂不智矣、所擬八首於曹丕云、天地中橫潰、家王拯生民、於王粲云排霧屬盛明、披雲對清朗、此全是晋宋詩、建安無此、於陳琳云、夜聽極星闌、朝遊窮曛黑、於徐幹云、華屋非蓬居、時髦豈余匹、皆不似建安、於劉楨云、朝遊牛羊下、暮作括揭鳴、括揭云字怪詭、詩云鷄棲於桀、牛羊下括、鷄棲於棧、為桀與揭、音義同括至也、似不必如此立異、於應瑒云、官渡廁一卒、烏林預艱阻、頗合實事、於阮瑀云、河洲多沙塵、風悲黃雲起、此兩句頗哀壯、於曹植云、徙倚窮騁望、目極盡所討、西顧太行山、北眺邯鄲道、此四句亦高古、然他皆規行矩步、甃砌粧點而成、無不圈點、全無所謂建安風調、故予評其詩、而不書其全篇、陳琳徐幹阮瑀三子、文選無其詩、似不似固難懸斷、然建安詩有古詩十九首規格、晉人至高莫如阮籍詠懷、尚有逕庭、靈運山水之作、細潤幽

（四十三）

怨、紆徐閑雅、則有之矣、非建安手也、近世有休齋詩話云、
謝靈運擬鄴中八首無一語可稱、誠哉是言、今乎於八首
之中提出其可資話柄者於前、亦已怨矣、
稱荃案、晦聞先生曰、初學記十引魏文帝集曰、為太子時、北園及
東閣講堂並賦詩、命王粲劉楨阮瑀應瑒等同作、此即鄴中
集詩也、吳伯其曰、太子之集詩者非一次、而康樂止取公讌之
一日、故所擬皆即集日之事、又曰時詩總題為鄴中集詩、魏太子
王粲諸目、分題也、原詩在當時止是公讌、各人各作、故不用分、此

詩亦係代作，故雖分題，然并發語於分題之下者，以為代本人作詩之柄，康樂隱括，盡在此諸序之中，作者依此為柄而作，讀者依此為柄而讀，斯乃此也。諸子中唯仲宣才高而望重，故康樂首取以自況，其曰秦川貴公子孫，謂王為漢之世臣，猶曰江表貴公子孫，喻身為晉之世臣耳，自傷情多，不專指遭亂流寓時，其歸魏以來，值子建有憂生之嗟，求一試而不可得，況仲宣耶，仲宣之依劉表，苟全性命而已，本知其不能望為作所望是有為世能望也，上章云云，妙在奉皇靈三字，魏武挾天子以令天下，厚德植文之業，故天下之庶伯宗之長之，而仲宣因傾心歸之也。受知於其父，宜報効於其子。魏武愛子建之才，以爲類己，而仲宣亦以子建之才類魏武，因而加暱，使子建高時爲儲貳，仲宣佐之事業，必有可觀者。曾奈立子桓爲太子，太子之與仲宣，寵遇不爲不厚，但今日侍讌，明日陪遊，曾一籌（四十四）之展効，其羈拘於鄴下，依然不異流寓於荆州也。原樂自視過高，故猶寫其意於擬王詩中者，特借自傷之情，以表己之爲王粲耶也。及其擬子建之詩，其意良異，使人知平原庶植之為盧陵王墓下作、稱善業、靈運之作、饒有康意非徒事摹古而已、方吳兩氏之說、皆甚愜當、至方氏謂全是建安風調、文通休奮詩諸五之、其論亦非不允、大抵擬古做古之作、從是超出於原詩者、雖以江文通之擅能妙肖、然後之人與其誦文通雜體詩、何如誦李都尉、班婕妤、陶彭澤等原作之饜人心目、白居易有言、文章合為時而著、詩歌合為事而作、原作者當其時、當其事、故其言語盛情能真、真則善、善則美矣、擬古者、非其时、非其地、繼能逞才與古人角力相較、疊床架屋、優孟衣冠、亦徒辭費耳、才力弱者、適形己之陋也、古詩殆不可擬、亦不必擬、至於擬古以抒懷抱、避时忌者、則又不能出以論列、然靈運所作、已違方氏之識、嚴滄浪亦早評為氣象不類、蓋建安詩承兩漢之後、風力甚遒、有古詩十九首之遺響、(曹子桓論文、謂文以氣為主、氣即風力也)謝詩傷於繁蕪、雖豐藻克贍、而較之鄴中諸人、風力不振也、

擬古三首

鮑明遠

幽并重騎射、少年好馳逐、氈帶佩雙鞬、象弧插彫服、獸肥春草短、飛鞚越平陸、朝遊雁門上、暮還樓煩宿、石梁有餘勁、驚雀無全目、漢虜方未和、邊城屢翻覆、留我一白羽、將以分虎竹、

魯客事楚王、懷金襲丹素、既（四十五）賀主人恩、又蒙令尸顧、日晏罷朝歸、輿馬塞衢路、宗黨生光華、賓朋遠傾慕、富貴人所欲、道德亦何懼、南國有儒生、迷方獨

淪誒、伐木清江湄、設置守毚兔、
十五諷詩書、篇翰靡不通、弱冠參多士、飛步遊秦宮、側
覩君子論、預見古人風、兩說窮舌端、五車摧筆鋒、羞
當白璧貺、恥受聊城功、晚節從（四十六）世務、乘障遠和戎、解佩
襲犀渠、卷袠奉盧（四十七）弓、始願力不及、安知今所終、
虛谷曰、此三首亦擬古詩十九首如陸機也、第一詩惟用二字
以博、宋景公使（四十八）弓人為弓、九年乃成、曰臣之精力盡於此弓、
景公射之、鋒力益勁、猶飲羽於石梁、出闕子、吳賀使羿射

雀左目、譏中右目、出帝王世紀、詩意欲以一矢求封侯也、第二詩設爲魯客之譏富貴不以道遂、南闔獨生、照以自況、乃獨迷方失位、伐木買免、而守其愚也、第三詩設少年讀書、晩節從戎、本非始願、不知求路之如何也、然則照竟有荊州之殃、悲夫、

稱基業、此詩與陸機擬古殊有分別、文選所載陸士衡擬古詩十二首、乃取古詩十九首中、行行重行行、今日良宴會、迢迢牽牛星等十二篇、標其名目、擬摹其意、謂直題曰、擬某篇、此

劉履題曰擬古、而未嘗明言所擬何詩、然意有所託、詞有所指、必非漫然爲之者、鮑集擬古詩八首、文選選一二三、玉臺新詠選其七、古詩箋又多選其四其六其八、

學劉公幹體一首

鮑明遠

胡風吹朔雪、千里度龍山、集君瑤臺裏、飛舞兩楹前、茲辰自爲美、當避艷陽年、艷陽桃李節、皎潔不成妍、

虛谷曰、逴龍山出楚辭、茲辰自爲美句、佳雪之爲物、易

寒之時，則如其美，當桃李之時，則無所容其皎潔矣。物固各有一時之美也。

釋參集，學劉公幹體共五首，文選所選者乃第三首。劉坦之曰：此照遠被間見疏而作，乃借翔雪爲喻，詞雖短簡，而託意微婉。蓋其當時處境，雖怨而益懼也（四十九）。所謂艷陽與皎潔者，自當有辨（五十）。吳伯其曰此詩爲諷，以雪比小人，桃李比君子，非也。有一輩小人，自有一輩小人行事，前人之術巧矣，後人更有巧者，前人必爲後人所傾，故小人猖獗肆志，亦各有其時也。王船山曰、光(五十一)響不似劉、劉俊、鮑本自俊、故鮑婁學之、晦聞先生曰、公幹贈從弟詩、鳳凰集南嶽、徘徊孤竹根、於心有不厭、奮翅凌紫氛、豈不常勤苦、羞與黃雀群、何時當來儀、將須聖明君、明遠此篇取喻及結處、蓋學之、

代君子有所思一首

鮑明遠

西出登雀臺、東下望雲闕、層閣肅天居、馳道直如髮、繡甍結飛霞、璇題納行月、築山擬(五十二)蓬壺、穿池類溟渤、選

色遍齊代、徵辭匝卭越、陳鍾（五十三）陪夕讌、笙歌待明發、年貌不可還、身意會盈歇、蟻壤漏山河、絲淚毀金骨、器惡含滿欵、物忌厚生沒、智哉眾多士、服理辨昭晰、

虞若曰、此詩十韻、皆述帝居皇闕之盛、而終嘆其忽衰、雍門子盛孟嘗君之意也、窮山攢蓬壺、穿池類溟渤、還色徧齊代、徵辭匝卭越、其盛如此、蟻壤（五十四）陋山河、絲淚毀金骨、器惡含滿欵、物忌厚生沒、一朝有不可測者、則衰矣、一蟻之孔、可以傾山潰河、一絲之淚、可以鑠金銷骨、欵

器滿則覆、出家語、（五十五）生之厚而之死也、出莊子、詩意本亦常談、但造語峭拔、而世之富貴驕盈不戒以顛者、比之是也、其言豈可忽諸、

補荃案、鮑集題曰、代陸平原君子有所思行、文選無陸平原三字、晦聞先生曰、王僧虔技錄曰、君子有所思行、相和歌瑟調三十八曲之一、朱秬堂樂府正義曰、古辭不存、始自陸機故鮑集稱代陸平原君子有所思行、漢鐃歌有所思、後人本之爲思遠人憶遠望遠等曲、所言皆男女情思、此別出君子、

見異衆人所思不同也、劉坦之曰、齊、東國、代、北郡、邛、西蜀之地、越、南國也、徼、取也、匝、亦遍也、陵、没也、詳夫天居馳道等語、蓋為時君遊燕、不能自謹、特以此規諷之、又不敢指斥、故借多士為言耳、

文選顏鮑謝詩評補卷四校勘記

（一）欄楹：《文選》、《詩評》、《先詩》并作『櫚楹』。

（二）猶廣除、曬曾穹：《文選》、《詩評》、《先詩》并作『循廣除』、『曬曾穹』。

（三）故夕無雙耳：《文選》、《詩評》并作『故夕無雙也』。

（四）此事終朦朧：《詩評》作『此才終朦朧是也』。

（五）飄然二句：《詩評》、《九家集注杜詩》并作『颯然精靈合，何必秋遂通』。

（六）寒蛩、戒常服：《文選》、《詩評》并作『寒螿』、『戒裳服』。

（七）半夜：《文選》注引《漢書》作『夜半』。

（八）靈名：《詩評》作『靈運』。

（九）拟湯惠休詩：《先詩》、《玉臺新詠》題《休上人怨別》，《文選》注題《別怨》。

（十）以相思：《謝注》引李語作：『以相思欲贈遠』。

（十一）下岫：《文選》作『趨下田』。

（十二）誤從木旁作援：《謝注》引胡語作『誤從木旁作楥』。

（十三）鳥鵲：《詩評》作『鳥雀』。

（十四）未可：《詩評》作『未易』。

（十五）似矣言：《詩評》作『似失言』。

（十六）庶特：《文選》、《先詩》并作『庶持』。

（十七）御營魂：《文選》、《詩評》、《先詩》并作「慰營魂」。

（十八）歌鐘：《文選》作「歌鍾」。

（十九）爲功：《鮑注》引方語作「爲工」。

（二十）末至：《鮑注》引方語作「末云」。

（二十一）同天啓：《文選》、《詩評》并作「固天啓」。

（二十二）向沉沉：《文選》、《詩評》并作「尙沉沉」。

（二十三）興趨：《詩評》作「興趣」。

（二十四）弘廠：《文選》、《詩評》并作「弘敞」。

（二十五）似鬱陶：《文選》、《詩評》并作「以鬱陶」。

（二十六）祇覚：《詩評》、《先詩》并作「祇攪」。

（二十七）山有杻：《詩・山有樞》作「山有栲、隰有杻」。

（二十八）堙郊：《文選》、《詩評》并作「禋郊」。

（二十九）軒蛇之劍：《詩評》作「斬蛇之劍」。

（三十）伏武昌伏曼容：《詩評》作「伏武昌者伏曼容」。

（三十一）東諸：《詩評》作「孟諸」。

（三十二）奇麗：《詩評》作「綺麗」。

（三十三）千里賤：《詩評》作「千金輕」。

（三十四）增悵：《文選》、《詩評》并作「增愴」。

（三十五）論功：《文選》、《詩評》并作『論物』。
（三十六）排露：《文選》、《詩評》并作『排霧』。
（三十七）乘自養：《文選》、《詩評》并作『乘日養』。
（三十八）事乖巳：《文選》作『事乖己』。
（三十九）有箕潁之心故仕多素辭：《文選》、《詩評》并作『有箕潁之心事，故仕世多素辭』。
（四十）飯膠東：《文選》、《詩評》并作『飲膠東』。
（四十一）解答：《文選》、《詩評》并作『解達』。
（四十二）故有：《文選》無『故』字。
（四十三）徒倚：《詩評》作『徙倚』。
（四十四）若効：《謝注》引吴語作『莫効』。
（四十五）既賀：《文選》、《詩評》并作『既荷』。
（四十六）後世務：《文選》、《詩評》并作『從世務』。
（四十七）盧弓：《文選》、《詩評》并作『盧弓』。
（四十八）弓人：《文選》注引《闕子》作：『工人』。
（四十九）而益慊：《鮑注》引劉語作『而益謙』。
（五十）有辨：《鮑注》引劉語作『有别』。
（五十一）光響不似劉：《鮑注》引王語『光響殊不似劉』。
（五十二）篷壺：《文選》、《詩評》并作『蓬壺』。

（五十三）　陳鐘：《文選》作『陳鍾』。

（五十四）　陋山河：原詩作『漏山河』。

（五十五）　出莊子句：方氏以『生之厚而之死也』出《莊子》，誤。實出《老子》。考《老子》五十章『人之生，動之死地，十有三。夫何故，以其生生之厚』。

大家風範　雅頌正氣（後記）

稚荃先生《文選顏鮑謝詩評補》手稿本出版，這無疑是一件『不朽之盛事』！

一個民族、一種文化其優點總是集中體現在其少數精英身上，稚荃先生無疑是中華民族優秀文化傳統的代表之一。

古人講『立德、立功、立言』，又説『行有餘力則以學文』。可見立德、立功的『行』是古人的最高要求，稚荃先生是這樣要求自己的。正因爲如此，先生的器識才使一般人難以望其項背。而且，先生的道德文章更是在認識她的人中，有口皆碑。

稚荃先生是北師大黄節先生的研究生，時錢玄同爲院長。民國政府國史館成立時，稚荃先生被張繼禮聘爲第一位國史館纂修。

先生以詩、書、畫『三絶』上續杜甫、東坡的傳統。她的《稚荃三十以前詩》早有謝无量、曹纕蘅等先生的題序；後也有師友向楚、吴宓等衆學人的推崇。

先生的書法是真、草、隸、篆無不精通，蔚爲大家。先生論書也以道德學問爲根柢，將書家分爲『有事功之人的書法』、『有學問、有書卷氣的文人書法』，最後才是書家的書法。

先生所畫的梅花直抒胸臆、別具一格，其精神氣質更是她一生高潔、堅毅形象的象徵。

其實，我們都在追尋一個千古不變的問題『我是誰』，我作爲人異於禽獸者幾何？稚荃先生用她的一生回答了這個問題，而且是用她對中華民族優秀文化的身體力行回答了這個問題——『富貴不能淫、貧賤不能移、威武不能屈』，努力去承擔『爲天地立心、爲生民立命、爲往聖繼絶學、爲萬世開太平』的士人的歷史使命。

在先生身上，體現的是一種風、雅、頌文化大家的精神氣質，絶對看不到一絲一毫的痞氣。這是中華文化中，與劉邦、朱元璋之流的流氓氣息相對立的清新傳統，這也許才是我們民族的正氣、未來的生機。

林老孔翼先生以九十高齡，精心點校了稚荃先生的《文選顔鮑謝詩評補》，爲存續中華文脈、發揚光大中華文化的雅頌正氣作出了貢獻。正是由於還有像林老先生這樣默默獻身中華優秀文化的人們的努力，中華民族才最終不至於重墜叢林、茹毛飲血——幸甚至哉！

本書在稚荃先生的孫女黄恕女士和其同事唐瑜女士、李婷小姐的精心校對後定稿。

李婷小姐用稚荃先生畫的梅花爲本書設計了封面及版式，詩人趙野負責聯繫、安排出版事宜，并得到了上海古籍出版社的大力支持，在此一并致謝！

領升藝術機構執行主席：

曾堅　謹記

二〇一二年十一月二十一日　於北京朝陽公園西路

圖書在版編目(CIP)數據

文選顔鮑謝詩評補 / 黄稚荃著;林孔翼校. —影印本. —上海:上海古籍出版社,2013.6

ISBN 978-7-5325-6804-8

Ⅰ. ①文… Ⅱ. ①黄… ②林… Ⅲ. ①古典詩歌—詩歌研究—中國—南朝時代 Ⅳ. ①I207.22

中國版本圖書館 CIP 數據核字(2013)第 072761 號

文选顔鮑謝詩評補

黄稚荃 著 林孔翼 校

上海世紀出版股份有限公司
上 海 古 籍 出 版 社 出版

(上海瑞金二路 272 號 郵政編碼 200020)

(1) 網址: www.guji.com.cn

(2) E-mail: gujil@guji.com.cn

(3) 易文網網址: www.ewen.cc

上海世紀出版股份有限公司發行中心發行經銷

上海麗佳製版印刷有限公司印刷

開本 787×1092 1/16 印張 24.5 插頁 2

2013 年 6 月第 1 版 2013 年 6 月第 1 次印刷

印數: 1—1,500

ISBN 978-7-5325-6804-8

I·2665 定價: 198.00 元